十字路口

In their cases

[日] 新海诚 / 原作
[日] 桐山成人 / 著
枯山水 / 译

停止

30

In their cases

百花洲文艺出版社
BAIHUAZHOU LITERATURE AND ART PRESS

目录

第一章 开端——海帆 六月 1

第二章 终结——翔太 六月 33

第三章 夏——海帆 七月 53

第四章 翔太 八月 79

第五章 秋——海帆 九月 105

第六章 冬——翔太 十二月 131

第七章 海帆 前日 173

第八章 春——海帆 三月 205

后记 215

我既不期望获得幸福,也不需要什么信誓旦旦的约定。

我自有其他期许，希望有朝一日能够远行。

奔赴更加缥缈的远方。

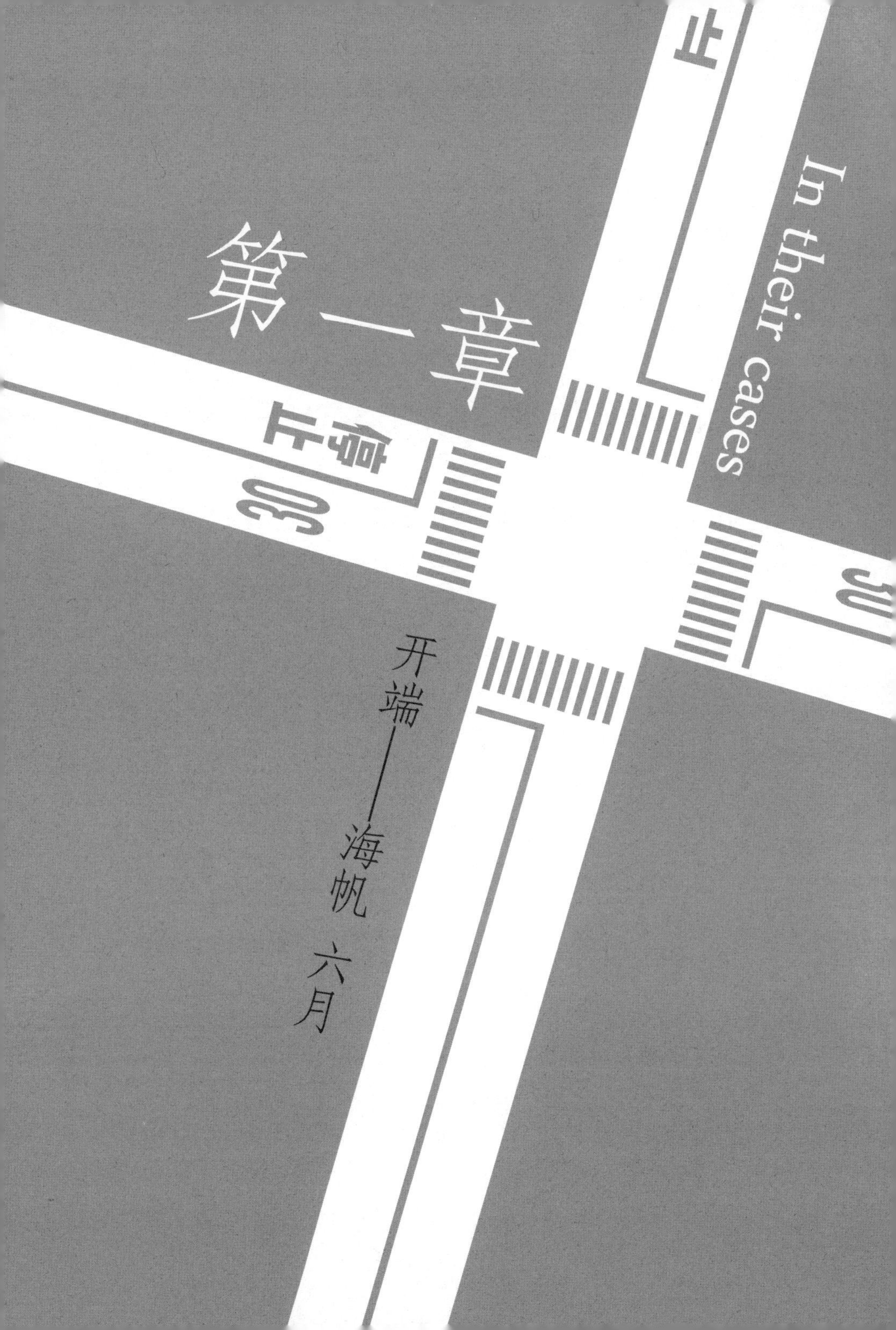

第一章

In their cases

开端——海帆 六月

“您是说……电影？”

“嗯。”

我下意识地用恭敬的语气确认，而桃谷同学则有些害羞地点了点头。

他递出的信封里装着两张外国电影的预售票。这部电影上映之后大受好评，创下了前所未有的票房纪录，紧紧地抓住了大众（包括我）的眼球。

难道说……

“这周六，怎么样呢？就……我们俩。”

没有什么难道，看来就是这样了。

我顿时全身都渗出汗来，怎么办？一点儿心理准备都没有啊！我只是放学后来垃圾场扔垃圾而已，结果就碰上了同为班上保健委员的他。因为他叫住我的时候语气相当平缓，我还以为他要通知我周末的委员会议改日子了呢。

“仓桥同学，你之前说过想看这部电影的吧？”

“呃，这个，那个……”

……我确实说过。

“看完电影之后，还可以去吃烤薄饼。你不讨厌甜食吧？”

“啊，嗯，欸……”

……怎么可能讨厌，我超喜欢的好吗！

“如果周六不行的话也可以改周日，海帆你哪天方便就定哪天吧。”

“呃？但是……”

……他居然直接叫我的名字了，而且还叫得这么亲热。

“当然都是我请客，完了我们还可以去购购物，然后一起——”

“等、等一下！”

为了打断他接二连三地提出邀请，我只得提高音量，结果声音大得连自己都吓了一跳。

“嗯？”

一直滔滔不绝地说个不停的桃谷同学这才止住话头。

“那个，那个电影……对不起。”

我抓住这来之不易的间隙深深地鞠了一躬，势头之猛令人感觉眼镜都快飞到脑门上去了。沐浴在夕阳之下，松林的阴影将垃圾场划分成光影两界。我位于光明的一侧，桃谷同学则隐匿在阴影之中。

“啊……这样哦。”

桃谷同学的动作有些僵硬，过了片刻，才吐出干涩的话语。

“真的非常抱歉。”

“没、没事，道什么歉啊。都怪我，突然自顾自地说了一堆奇怪的话。好了，抬起头来嘛。”

“……嗯。”

即便是刚刚被拒绝，桃谷同学依旧能设身处地地为他人着想，真是个老好人呢。

“这种事也勉强不来的。抱歉，耽误你丢垃圾了。”

“嗯……”

……不过是场电影而已，去看不就好了？

我确实很想看那部电影，也挺想吃烤薄饼的，而且桃谷同学人也不坏。

“那就先这样，回头见喽。”

桃谷同学就这么面带坚强的笑容离开了。老好人到这分儿上，不由得让人心生同情。

不行，不能让桃谷同学就这么离开。我得告诉他，我得告诉桃谷同学——

“桃谷同学。”

“嗯？”

听到我的呼唤声，桃谷同学打了个激灵，扭过头来。因为失望而沉郁的双眸此刻又闪烁着些许希望的光芒。我望着他的眼睛，说道：

“周末的保健委员会议改为明天午休时间举行了。”

“呃？”

“……可别忘记了，要来参加哦。”

“会议……”

或许现在并非传达会议改期的最佳时机，恐怕也从未有哪位保健委员会带着如此伤感的表情聆听事务联络吧。

但是，但是，明天就要开会了。

所以还是尽早通知他比较好……

“我知道啦。那么，明天见……”

桃谷同学耷拉着肩膀重新迈开步子，不知何时笑意已经从他脸上褪去。

对不起，桃谷同学。

该怎么说呢……真对不起，我就是这德行。

×

“什么，你拒绝了？”

离开学校后，我一如既往地推着自行车行走在铺满了黄昏色彩的下坡路上，而千寻则毫不客气地坐上后座，开始大声嚷嚷。

“为什么啊？”

她身材虽娇小，嗓门之大却是不输给他人。

“为什么？也只能这样了吧？下来，你好重。”

“什么叫‘只能这样了’？”

见我将自行车倾斜向一边，千寻摇晃着马尾辫跳下车来。

“海帆，你说过想看那部电影的哦，而且也说过想吃烤薄饼来着。”

她指着我如此说道。

“……果然是你告诉他的吗？”

在这之前我几乎没和桃谷同学说过话，他却对我的个人喜好了如指掌。

“没错哦，唉，难得我帮你牵线搭桥！”

千寻完全不以为意地挺胸说道。

"牵什么线啊，你能不能别随便泄露他人的隐私？"

"抱歉呢，海帆，主要是桃谷同学一直求我们告诉他。"

我正寻思着要不要对千寻施诅咒以报复的时候，背后突然传来了道歉声。

"咦，万结也是共犯吗？"

我扭过头去，发现那个本来有点眼角下垂的双马尾少女此刻愈发低垂着双目，她在面前合十双手跟我赔不是。

"是、是的，我想你俩都是保健委员，说不定挺般配的。难道说海帆你和桃谷同学合不来？真的很抱歉。"

"不，倒也不是和他合不来……"

连万结都露出这种表情，我也无话可说了。万结和精力充沛但粗枝大叶的千寻不同，不论何时何地她都懂得为朋友着想，也从不与人起争执。打从高中入学开始这已经是第三个年头了，而我们之间的友谊，便是靠着这样奇妙的平衡维系着。

"啊——唉，可我还是觉得好可惜呢。我想看电影啊，也想吃烤薄饼啊。那男生不是挺帅的吗，干吗非得拒绝呢？"

千寻掰着手指，对我投来非难的视线。

"……我当然有拒绝的原因啊。"

"原因？什么原因？"

我的自言自语没能逃过千寻的顺风耳。

"啊，没有啦，只是……"

"怎么了，海帆？你果然和桃谷同学合不来吗？"

万结也一脸担心地盯着我看。

“不是啦，我只是……”

在她们两人视线的夹攻之下，我不由得有些结巴了。

“应该等到两个人成为男女朋友之后再去看电影……才比较合适吧？”

我用几不可闻的声音说道。

“又来了！”

两人听罢都不由得以手扶额。

“什么叫‘又来了’啊……”

“我是说你又端出一副认真的模样了。‘认真四眼’，你这人真的是正经过头了，无时无刻都是这个样子。”

千寻拍了拍我的背。

“好痛，我不是说了别那样叫我吗？”

“呀，别碰我，‘认真四眼’！你的认真会传染给我们！”

我刚抬起手打算拍千寻，她就发出惨叫，并且一直“认真四眼”地叫个没完。

“千寻，别这样呀，不可以乱说哦。认真也算是海帆的优点嘛。”

……万结，你这话说得好像“认真”同时也是我的缺点似的。

“就是因为海帆不懂得变通，才一直没办法确定毕业方向哦。”

千寻把脸藏在书包后边，嘟着嘴说道。

“啥，你在说什么啊？不懂得变通和毕业方向……是两码事。”

不过说实话，我也没办法完全否定她的说法，因为我多少有所察觉了。

短暂的沉默降临，随之被远处传来的汽笛声打破。俯瞰坡道下方，在夕阳下熠熠生辉的濑户内海上，一艘接驳船正伴着白浪缓缓驶来。

我们就读的大崎三岛高中是一所公立学校，是颇受大自然眷顾的地方。

但说难听点，就是地处乡下。从位于坡道上方的教学楼向外望去，首先映入眼帘的是正面的濑户内海。此外便是山头、旱地和水田、河川与池塘，以及其间星罗棋布的民宅还有店铺。总体看来，百分之六十的景物都是水、植物与土地。

不过，正因为是如此偏远的乡下地方，当地人振兴家乡的意识才会这么强烈。我们学校为了避免学生毕业之后游手好闲，于是狠抓升学以及就业指导工作……

“现在就只剩下海帆还没决定毕业后的出路了，你到底是怎么打算的啊？”

“嗯，嗯。”

一直到六月，我都还没决定毕业后是升学还是就职。

毕业后的志愿调查表还一个字都没写，它已经在我的书包里静静地躺了两个月之久。

“快点决定吧。再这么磨磨蹭蹭下去，两边你都赶不及哦。”

千寻一脸“受不了你”的表情，说道。

“这我知道，可是，下决定不是那么简单……”

“很容易呀。海帆你成绩挺好的，就和我们一起考大学呗。”

“可就算考上了，去大学以后要做什么呢？我对未来都没个规划，就这么决定上大学未免也太……”

“啊啊，认真认真认真认真认真认真！”

“好痛好痛好痛！”

千寻说一声“认真”，就敲一下我的额头。

“喂，‘认真四眼’，你给我坐在那儿。”

我立起自行车的支架，坐在自行车的座板上。接着，千寻又指着我开始滔滔不绝地说道：

“听好了，海帆，大学这地方，只要能考上就随便去上好了。因为大学本来就是上着玩的。”

她又毫不羞愧地大放厥词了。

“呜哇，大言不惭。上大学可没有那么简单哦！你这么说不觉得对不起爸妈吗？”

“你瞧，又认真了。”

“好痛！你别敲我了行不？”

“女人一直这么认真下去的话，是无法获得幸福的哦。”

“你什么意思啊，我又没指望说——”

“好了好了，你俩别吵了。”

万结注意到我和千寻之间的对话火药味渐浓，连忙从旁调解。

“受不了这‘认真四眼’了，万结你也说她几句嘛。”

“受不了我？我可没说半句过分的话哦，对吧，万结？”

“咦，呃，这个……”

身为调解人的万结此刻反而被夹在中间，她畏畏缩缩地来回看着我和千寻的脸。

“海帆，你是不是稍微有点，想太多了呢……”

万结苦笑着说道。

“耶——万结是站在我这边的！”

“不是吧，万结？”

明明万结不管怎么看都应该属于“认真”的那一方，怎么会和千寻一个鼻孔出气呢？

“别用那样的表情看着我啊，海帆。我当然理解你的心情。”

现在我的脸上是怎样的表情？万结铁青着脸来回搓手，说道：

“不过，就因为对未来还没有明确的规划，才更应该升学不是吗？这样可以扩展自己的发展可能性，况且高学历对于找工作来说也是有利无弊的。”

“哦，说得好。万结你说得太好了。”

千寻装模作样地指向万结。

“可能性啊……”

“将来的事，可以进大学之后再考虑。”

说着，万结坐在了我自行车的后座上。

“嗯……”

可能性。进入三年级后，我已经听这个词听到耳朵生茧了。

“可是，这样做不就是把决定往后推而已吗？感觉就是把难以抉择的事留到以后考虑……如果真为了找份好工作而上大学的话，好歹也明确一下以后的就职方向，然后再选择这方面比较强的大学——”

“呜哇——真是烦死了！别一直说些莫名其妙的话了，‘认真四眼’！”

我应该没说什么莫名其妙的话吧？说时迟那时快，千寻猛地踩上自行车踏板，用力踢起支架，蹬着车沿坡道飞速而下。

“喂，你要干什么啊，千寻！”

我和万结还分别坐在自行车的座垫和后座上。

“危险，快停下来，千寻！”

“闭嘴，跟我来吧，万结！我们要治治她认真的毛病，要下狠药！”

不知是不是觉得我和万结的惨叫声很有趣，千寻愈发加速地踩着踏板，载了三个人的自行车就这么奔驰在坡道上。

“太快，太快了！快停下来，千寻！”

“怎么样，附身在海帆身上的‘认真四眼’？想从海帆身体里钻出来了吗？”

“别胡说八道了，赶紧减速！这车的刹车不太灵，拐不了大弯的！”

下坡最后一个弯道处，一个农用池塘正张大嘴等着。

“怕什么怕，我让你们看看什么叫完美转弯！”

“不行的，千寻！笨蛋！”

自行车还在不断加速，池塘已经近在眼前。尽管千寻要我们“看”，但我实在没办法直视前方，只能紧闭双眼。紧接着，我感觉自己的身体浮在半空，等再睁开眼的时候，视野之内已经满是飞溅的水沫。

“唔——”

我们还来不及发出惨叫，就已经将水底淤泥的颜色看了个清清楚楚。

╳

认真。

不知从什么时候开始，这个词已经完全不带半点褒义色彩。

我从小视力就不好，刚上小学就戴上了眼镜。要是搁以前，貌似还会有“戴眼镜=认真的好学生”这一大众印象，但现在不一样了。小学生戴眼镜的话，首先会被怀疑是否电子游戏玩得太多，因为在现在，“戴眼镜=不认真的游戏宅”。为了不被人误会，我倔强地将“认真”定为自己的人生基调，而那时候我才刚刚小学一年级而已。

然而，就好像眼镜给人的印象会随着时代的演进而改变一样，“认真”这个词语的评价也伴随着时光的流逝发生了惊人的变化。认真的人只会在小学生甚至更年幼的群体里获得尊敬，上了中学以后，被人说“认真”会有点五味杂陈，而到了高三，“认真四眼”几乎已经变成某种新型妖怪的隐语了。

回到正题，作为降妖行为的一环，我们仨一起跌进了池塘里，结果现在只得像落汤鸡似的推车前行。

真不知道旁人为什么要如此大费周章地“矫正”我的认真劲儿，对此我完全无法理解。我的认真……到底碍着谁了？

我将湿漉漉的自行车停在港口的停车场里，然后四下看了看。

确定四周没人后，我试图将还滴着水的裙摆拧干。两下，三下，就在我胆子渐渐大起来，开始拧第四下的时候，一个大叔从候船室里走了出来，我慌慌张张地放下裙摆，蹲下身来。

真是千钧一发。裙摆还在滴水，不过我也只能任由水滴落在柏油路上，站起身向栈桥的方向走去。

港口有两条栈桥，一条供驶往外海的长途船使用，另一条供绕行内海姬五岛的班轮使用。班轮这边，小巧的渡轮正直面着耀眼的夕阳，静静地等待开船时间的到来。船头不远处，一只海鸥正浮在海面上，脸上似乎写满了不可思议的表情。今天的濑户内海依旧风平浪静。

“喂，海帆，你这是怎么搞的？跳进海里了吗？”

我刚上船，正在甲板上安顿乘客的父亲便开口问道。

“啊，嗯，遇上点事儿。爸，给我毛巾。”

“哦，用这个吧。”

父亲爽快地取下缠在脖子上的那块皱巴巴的破布，递了过来。

“呃，这个有点……”

“啊，怎么了？不想和老爸用一条毛巾？所以说叛逆期真烦人呐——喂，老米，你帮我顶一下。”

父亲似乎完全没有察觉到我的苦笑。他对着正站在栈桥上吞云吐雾的同事吼了一声，就拉开挂有“禁止入内”标示的铁栅栏，钻进了驾驶舱。

“怎么了，海帆妹妹，怎么全身上下都湿透了？掉海里了？”

米元叔笑嘻嘻地攀着舷梯爬上船来，他和父亲一样穿着浅蓝色船员服——在船上讨生活的男人看到水都只会联想到大海吗？

“喂——海帆，这个总可以了吧？别把座位弄湿了，去二层吧。”

父亲从驾驶舱里钻了出来，隔着铁栅栏将一条毛巾扔了过来。

“谢……呜哇！”

……你扔得太用力啦。

毛巾狠狠地砸中了我的脸，然后落在甲板上。我捡起毛巾，擦拭起濡湿的头发。

本来想坐一层的座位，但既然船长就在眼前“监视”，我也只得踩着铁楼梯往展望台而去。

二层的露天甲板有十来名乘客，其中好几拨人已经上了年纪，多半是观光客吧。还有位大叔正撑着护栏望向栈桥的方向，看打扮似乎是位摄影师。

我可不想让那群老年人看到自己湿乎乎的模样，而那位大叔就是刚才看到我拧裙子的人。所以我只能尽力和那位戴棒球帽的摄影师保持距离，静悄悄地在铁制长椅上坐下。摄影师大叔看来对我也没什么兴趣，正兴趣盎然地观看着班轮的离岸作业。

真是不可思议，对我来说平淡无奇的日常光景，那位大叔却像在看特别表演一般目不转睛，生怕漏掉了任何一个细节。一直到班轮离开栈桥，泛着白浪开始前行，摄影师大叔都不曾动弹半分。

生我养我的姬座一之岛距离本岛有二十分钟的船程，正是所谓的离岛。尽管在姬座五岛之中面积最大、人口最多，但教育机构最高只到初中，所以我每天都得像这样搭乘父亲掌舵的接驳班轮前往位于本岛的高中。接驳船一小时一班，如果早上错过了一班，那就百分之百会迟到。不过据说相对于岛上的人口来说，船的班次还挺多的。

“非常感谢您今天乘坐姬座汽船。”

班轮驶离防波堤，出了港湾之后，船长室中传来一如既往的舱内广播声，而我也和往常一样双手合十，祈祷海神保佑——希望至少今天父亲不要多话。

“本汽船绕经姬座五岛，预计于十七点二十五分抵达姬座一之岛。另外，掌舵人是我，仓桥泰三,四十三岁，家有妻子、次女，以及目前坐在展望甲板、浑身透湿的长女。”

……结果今天的祈祷也未能奏效，展望台上响起哄笑声。

父亲真是太讨厌了，我都不知道跟他说过多少次，让他别在舱内广播的时候瞎扯。

我只得默默地忍耐展望台上不时传来的嬉笑声。

“呃——各位乘客，现在右前方看到的是神座岛，岛上供奉着守护姬座五岛的神明。神座岛旁边，是著名景点剑玉岩，请大家尽情观赏剑玉般的夕阳盛景。”

不知是否察觉到了女儿的愤怒，父亲的广播突然变得正经起来。与此同时，老年旅行团中的一人兴奋地指向海面，而摄影师已经按下了快门。

……离最佳摄影点还远着呢。

远远望去，在橙色的夕照之下，剑玉岩的身姿骤然显现。

剑玉岩正式的名称是犬座岛。它是个无人岛，位于本岛和一之岛之间，拜濑户内海激荡的潮涨潮落所赐，岛面被冲刷成了十字形状，如同剑玉的剑一般，故而得名。每天傍晚的时候，夕阳落在海平面上，远远望去就好像剑玉的球一般，和剑玉岩一道构成了神明的玩具。县里将此地指定为观光胜地，加以保护。对于并无其他值得一提之物的姬座五岛来说，剑玉岩无异于旅游收入和保障接驳船生存的守护神。

班轮稍稍偏离本岛和一之岛之间的最短航线，在能看到岛与夕阳恰好重合的位置减慢速度。之后，又要调整速度以保证不晚点。渔民出身的父亲，他开船的本事确实不一般。

我刚对父亲生出几分敬佩之情，就听到播音器中再次传来噩梦般的声响。

“各位乘客，觉得我们姬座引以为傲的剑玉岩如何呢？途经神之岩最适合以演歌为伴，接下来请欣赏大凤五郎的《男海》。”

父亲又在搞什么啊，居然还播起音乐来了，是想当DJ吗？别这样啊，之后肯定会被骂的。

然而父亲全然没有顾及女儿的担忧，很快，播音器中传来舱内广播绝不应有的演歌前奏，紧接着，父亲那五音不全的沙哑声音随之响起——

“海——哟——♪”

为什么是父亲在唱？开玩笑吧，他居然唱起卡拉OK来了。太糟糕了，更何况大家都已经知道我是他女儿了呀。四周的嬉笑声已经变为了哄堂大笑。受不了，不管是千寻还是父亲，为什么每个人都……

“拜托你们认真点好不好！”

没人听到我的心声，而父亲已经开始演唱第二首了。

×

“我回来了。”

拉开玄关的门，闻到厨房传来的味噌香味后，我这才有些许被治愈之感。

“啊，姐姐，你回来了。”

然而紧接着，我便看到妹妹正手捧杂志，懒散地躺在起居室里，顿时神经为之抽动。

“说得好像事不关己似的，千帆，你怎么不去帮妈妈的忙？”

“不要啦，我好累。”

千帆依旧躺在榻榻米上，回答道。

“小学二年级有什么好累的，快起来去帮忙。”

“我才不要，今天该帮的忙已经帮完了。”

“就知道胡说，我生气了哦，千帆。”

我揪住妹妹T恤的衣领。

“好难受，放开我，妈妈——”

“真是的，你们在吵什么呀？”

听到我俩的争吵，母亲一边擦手一边从厨房里走了出来。

“妈妈，姐姐动不动就生气！”

瞬间，本来已经像是在榻榻米上生了根的千帆突然蹦了起来，一把搂住母亲的腰。这孩子立马就想把母亲拉到她那边去。

“明明是千帆不对，都不肯帮忙。”

“妈妈你看，她又发火了。”

“千帆！”

“好了好了，你们俩都别吵了。今天就不用帮忙了，晚饭弄得比较简单。”

母亲也是的，为什么总是宠着千帆？明明最开始是千帆提出的建议，说每天帮家里做一次家务的。

“你这是什么表情啊，海帆？行了，快去洗澡吧。啊，对了，今天收到一份你的包裹。”

“包裹？给我的？”

“好像是什么协会寄来的，是粉丝俱乐部之类的吗？”

“不是吧，Z补习班[1]寄资料过来了？不是什么粉丝俱乐部，是函授教育啦，我不是提过的吗？包裹在哪里？”

“在这里哦。”

千帆笑容满面地将刚刚还在翻看的杂志递了过来，不对，这不是杂志，而是……

“Z补习班的宣传册？为什么千帆拆了我的包裹？”

“咦，有什么关系嘛。又不是信件，包裹还是我从邮箱里边拿回来的呢。”

① 注：日本Z会集团，主要从事各种函授教育工作。

“当然不可以，笨蛋！”

我一把夺过资料，大声吼道。

“呜哇——姐姐又发火了！”

千帆猛地哭出声来，这孩子总是这样，觉得哭泣就能解决一切问题。

“海帆，不可以这样对千帆说话。”

母亲一边抚摸千帆的脑袋，一边瞪着我说道。

“为什么？明明错的是千帆。”

“可你是姐姐啊。”

“真是够了。”

我扭头跑出起居室。

“海帆，你等等！”

我没理会母亲，“噔噔噔”地跑上楼梯，一头扎进自己的房间。带上门后，我将书包丢在一旁，裹着半干的校服趴倒在床上。

笨蛋。

笨蛋笨蛋笨蛋笨蛋笨蛋笨蛋笨蛋笨蛋笨蛋笨蛋笨蛋。

我才是笨蛋。

为什么要骂千帆“笨蛋”啊。

包裹还是千帆拿回来的，而且她以前也好好帮忙做家务呀。虽然说随意打开他人的包裹是不对，可骂她“笨蛋”未免也太过分了。

“啊啊，烦死了。”

我对自己产生了强烈的厌恶感，几欲作呕。我最近到底怎么了？为什么总是莫名其妙地烦躁不安？因为还没决定毕业方向吗？还是因为太过认真所以老被人当傻瓜？

“女人一直这么认真下去的话，是无法获得幸福的哦。”

千寻的话在我脑中不断响起。

“我又没期望获得幸福……”

后半句我没能说出口。我只是……

我在床上坐起身来，透过窗帘大开的玻璃窗望向五岛周边的海面。

剑玉岩映照在夕阳之下。父亲掌舵的班轮正行驶在二之岛和三之岛之间的海峡上，如同板刷一般带起整齐的白浪。今天天气真好，能看到远方水平线上大型油轮的身影。

——希望能够远行。

胸口充盈着期许。

透过这扇窗，我目送了一艘艘船驶过。父亲的班轮、垂钓船，还有出驶远洋的船队。或许正因为如此，我从小就对远方有种特别的憧憬。比划过海面的船只驶得更远，比翱翔天际的鸟儿飞得更远，比沉入水平线的夕阳更远，比我在窗边看到的一切更远……更远，更远，我想去无尽的远方看个究竟。

……想是这么想来着，可如今我连接下来该走的路都决定不了。我到底想去哪里呢？

“得把……校服洗了。”

我脱掉还带着些许湿意的校服背心，拉下裙子的拉链。

都什么时候了，还在纠结校服弄脏这种小事——我愈发讨厌自己了。就在我寻思待会儿先向千帆道个歉的时候——

“姐姐！”

房间的门突然被打开了。

“对不起，刚刚我不该随便拆你的包裹！”

是千帆，她正站在门口，对着我深深低头。

……应该是母亲责备了千帆，让她来向我道歉的吧。这丫头居然眼泪都没擦干就过来道歉了，实在是值得嘉奖，我本想一把将她抱住，但是——

“不是跟你说过，进来之前要先敲门吗，笨蛋！”

因为我身上只穿着内衣，所以又火气上涌骂出声来。

×

“海帆，你最近到底怎么了？”

晚饭时间，我最害怕的问题还是来了。

烤鱼、煮蔬菜、豆腐以及姬座海带，仓桥一家四口正围坐在一起享用着这纯日式的晚餐，但此刻气氛有些紧张。

“没怎么啊。”

我将筷子插进烤鱼里，努力装出若无其事的样子，然而——

“我看得出来你一直很烦躁哦。”

母亲已经看透了一切。

“没有的事。千帆，把酱油递给我。”

“……”

“千帆？”

“我生气了，才不要。”

“千帆！”

“给我适可而止！”

糟糕，母亲把筷子搁桌上了。

“……对不起。”

该道歉了。虽然说得扭扭捏捏，不过话一出口，多少感觉轻松了些。

“对不起，姐姐。”

为什么连你也道歉啊。大概是以为自己也有连带责任吧，千帆眼泪汪汪地递来酱油瓶。我恶作剧地挠了挠她的膝盖，千帆觉得痒，身子扭来扭去的。

“海帆，妈妈不是想让你道歉，而是想听你说实话。”

看到姐妹之间的互动后，母亲这才重新拿起筷子。

“说实话？什么实话？”

“你在烦恼什么？”

……为什么问这个。

“你以为我看不出来吗？你和你爸一个德行，心里想的全写脸上了。”

“呃，别这么说！哪有这回事嘛。”

“什么叫‘哪有这回事’？海帆，女儿像爸爸很正常啊！至于那么不情愿吗？”

父亲一直都没说话，此刻却将空酒杯放在桌上，插嘴说道。醉鬼真讨厌，声音聒噪不说动作也大。

但凡上早班的日子，父亲都是一回家就开始晚酌，等到其他人坐在饭桌前时，他已经喝得有些上头了。父亲清醒的时候就已经是话痨，辅以酒精的刺激就更不用说了。

“唉，真寒心呐，白把你养这么大了——亏我还把新毛巾给你用了,居然对老爸说这种话。唉,真寒心呐,我干脆一头跳海里得了。”

噩梦真是一波未平一波又起。

“行了，你稍微安静一会儿可以不？”

“该闭嘴的人是你，由纪子。”

母亲往父亲的空酒杯里倒了些烧酒，想让他住嘴，但父亲的酒劲已经上来了，根本不听劝。

“听好了，上高中以后，本就要面对各种烦恼。你这个年纪，就应该为恋爱啊青春啊之类的破事儿伤脑筋。”

什么叫“破事儿”啊，我烦恼的源头之一，就是父亲你那莫名其妙的舱内广播好吗。

“所以呢，海帆，你就尽管烦恼吧。这没什么，烦恼也有烦恼的好处。对了，我上高中那会儿……”

啊啊，又来了，父亲只要一喝高就会这样，表面上看来是在倾听他人的讲述，到最后却总是自顾自地讲起自己的往事来。这点让我尤其讨厌。

“好了好了，你的英勇往事总有一天会结集出版的，现在我想听关于海帆的事。说吧，海帆。”

和父亲不同，母亲不管什么时候都会耐心听我抱怨，所以我最喜欢她了。我将饭碗放在桌上，并且摆好筷子。

“其实……是关于毕业方向的事情。”

“难道不是继续升学吗？你不是还在和Z什么班的打交道吗？”

“Z补习班啊，那方面同样有点伤脑筋。妈，你觉得我真的该继续念书吗？”

“嗯？”

我咬咬牙把真心话说了出来，父母一听，都惊得双目圆瞪。

“该不该继续念书……嗳，她爸。”

“啊？嗯。”

他俩意味深长地交换了一下视线。

“这个嘛，海帆，你要是担心钱的问题……”

“和钱无关！我只是在想自己上大学到底是为了什么……千寻和万结一个说上大学只是为了好玩儿，另一个说是为了将来作打算，姑且先去念着。但像她们说的那样做真的好吗？一旦进了大学，人生也就在一定程度上定型了，可我还没想好今后的路要怎么走呀！”

我本没打算说这么多，不过话到了嘴边就滔滔不绝地喷涌而出，根本停不下来。

“海帆，你……”

父亲用异常清醒的声音说道：

“真的是在烦恼啊。”

他缓缓地拿起遥控器，将电视的音量提高了两档。

“关掉啦，为什么你还把音量提高了啊？”

“啊，搞不懂，搞不懂。本以为你这小屁孩儿的烦恼无非就和男生啊朋友啊什么的有关，谁知道会这么麻烦。交给你妈处理，我得看体育新闻了。哦，甲子园预选赛开始了！”

“爸!”

难以置信，高中棒球预选赛居然比和女儿谈人生规划更重要？我和这个棒球白痴绝对没有半点相似的地方。

父亲在身体垮掉之后离开了远洋渔业船队，紧接着就迷上了高中棒球。

在那之前他明明还对高中棒球嗤之以鼻——“这么差的技术也好意思出来秀啊？”但直到看了一次现场比赛后，父亲立刻深深地被折服，然后沉溺于甲子园的魅力之中不可自拔。按他的说法，高中棒球和一年要赛上一百五十场的职棒不同，一次失利就意味着整个夏天的终结，所以每场比赛都像电视剧般满载着感动与青春。

“哦，千帆你瞧，在播速水商业的特辑哦。”

“真的？河北哥哥会出场吗？”

顺带一提，从懂事起就一直接受英才教育的千帆正稳步地按照父亲期望的方向成长，现如今已经成为如假包换的高中棒球女粉丝，每次看到东京某高中的怪物级新选手就会脸红心跳——这完全不是一个小学生该有的兴趣。

“嗯，河北会出场哦。不过他的状态似乎普普通通嘛，难得小川归队，投手和打击手的王牌都凑齐了，从结果看来第一战都无法提前结束比赛，这可不太妙呢。”

父亲摆出一副专家的模样，歪了歪头。

……哦，小川同学伤愈复出了吗？

我悄悄瞟了一眼电视画面。没办法，我也是这个家庭的一员，长年生活在同一个屋檐下，难免会受些影响……

“……嗳，爸，再把音量调大点儿。”

我扶了扶眼镜，转身正对电视。

“啊，海帆果然也挺在意的吧？这就对了，这就对了。”

父亲一脸愉快地拿起遥控器。

“怎么，就不谈人生规划了？你们父女俩真的是一个样。”

要是换平时我早就回嘴了，不过现在我只是装作没听到母亲的话，集中注意力盯着电视画面看。

紧接着，我真的什么都听不到了。

声音变得模糊，视野收缩，不管是播音员的解说，还是父母和千帆的话语声都从耳边划过，甚至连河北同学和小川同学的身姿都无法映入眼帘了。

我的注意力紧紧地锁定在一个人身上，即便是画面切换，脑中依旧不断闪现着同样的光景。

“海帆，你在干什么？”

直到母亲摇晃我的肩膀，我才意识到自己此刻身处何方。

×

那天晚上我彻夜难眠。

以往诱人倦意的海浪声如今不断在耳边回响，这是从未有过的体验。不可思议的感觉如同薄膜一般包覆着身体，我只能一边叹气一边辗转反侧。两次、三次、四次、五次，终于，我忍无可忍地从床上爬起。

拉开窗帘往外看去，满月在五岛周边的海上投射出光的轨迹，剑玉岩的剪影撕裂了漆黑的海面。

为什么我的心如此躁动不安？

这只是一条平淡无奇的新闻。

拥有超越高中水准选手的甲子园老牌强队在第一轮众望所归地完胜公立学校的对手，在日本的高中棒球预选赛中，这种情况几乎每年都会上演。然而不知为何，我的胸口此刻炽热难忍。

……他为什么会露出那样的眼神呢？

电视上甚至没有介绍那位公立高中投手的名字。

尽管多次被强劲的对手击打成功，他依旧毫不气馁地努力投球，最后总算避免了提前结束比赛的命运。

对他们来说，这应该算是非常值得夸耀的战绩了，可为什么他还会露出那样的眼神？那眼神仿佛在渴望着什么，仿佛在拼命地追寻着什么。

我看棒球比赛的时候，无关队伍，视线总会集中在投手身上，不过这单纯是因为投手在画面上出现的时间比较长。长久以来，我总是和各位投手站在同一战线上，一同情绪高涨地面对眼前的打击手。愤怒，喜悦，悲伤，懊悔，恐惧，昂扬。

然而他不一样。他眼中流露出的火热情感与众不同。即便是最后几棒被人打了本垒打时，即便是将四号打击手三振出局时，即便是第七回合一分未失、避免了提前结束比赛命运时，他炽热的感情都不见半点动摇，只是在静静地燃烧着。他仿佛完全不关心比赛的胜负，只是在执拗地寻找位于远方的某种东西。

没错，他在寻找着。独自一人，全力地寻找着。

我的胸膛热得发烫。

无休止的波涛声在耳边呢喃，仿佛在呼唤我出海远行。

×

次日早晨。

“嗯？你这是怎么了，海帆？起得挺早的嘛。”

我一拉开起居室的拉门，正坐在矮桌前看报纸的父亲顿时惊讶地抬起头。

“难道说你突然想和老爸一起吃早饭了？我说得没错吧？喂，由纪子，给海帆把早饭端上来。”

父亲还是一如既往地自以为是，完全不听别人说话。

“海帆，你怎么起这么早？哎呀，你昨晚没睡觉吗？”

母亲刚从厨房里走出来，就注意到了我的不对劲。我立刻把手上拿着的彩色宣传册静静地递给母亲。

“啊，这个是函授教育的材料吧？也行呀，如果你想的话。对了，刚才万结的妈妈打电话过来，说万结感冒了，今天要请假。昨天发生什么事了？”

“……”

“海帆？”

母亲死死地盯着我的脸看，我不由得牙关紧锁。

要说的话就得赶紧说，否则和其他事情混在一起就更说不出口了。胸口还在发烫，为了保护这随时都有可能消失的温热，我一直没有合眼，就这样等到了天明。

要说的话就得赶紧说，我做了个深呼吸，试图将那个投球手播撒给自己的火种变为烈焰。

“妈，我想去东京上大学。”

“什么？”

母亲本在翻着小册子，听我这么一说，顿时停了下来。

“东京？”

父亲本在搅拌着味噌汤，听我这么一说，也顿时停了下来。

“我想去东京的大学读语言学专业，然后留学，再然后去海外工作。”

我不会停下前进的脚步。

“喂，海帆，你等会儿，别突然一口气说一大堆话啊。”

并不突然，我一直都是这么想的。我一直都是这么憧憬的，但同时我也一直心存恐惧。我并不是无法决定毕业后的出路，而是害怕做出决定。我只是装出一副认真的样子，来掩饰自己内心的恐惧罢了。

“拜托你们了，爸，妈。”

我想去远方看看，我想像父亲一样，像他一样，前往力所能及的最远彼方。

“这不也挺好的吗？”

母亲静静地合上宣传册。

“喂，由纪子。”

“真的？真的可以吗？妈，你答应了？”

见我连珠炮似的问个不停，母亲微笑道：

“不过得是国立或者公立大学才可以哦，咱家可没钱供你上私立大学。”

“太棒了！”

我高举双手跳了起来。真不敢相信自己的耳朵，我本以为母亲会反对的。

“谢谢你们，爸，妈！”

“等一下，海帆，我还没有……”

“好棒！好棒！”

这就是所谓的“开心得一蹦三尺高”吧，感觉整个人都飘起来了，完全不需要地面的支撑。

“唔——好吵哦——”

不过我好像有点得意忘形过头，连千帆都被我吵醒了，她一边揉眼睛一边抱怨道。

“千帆，东京哦，姐姐要去东京了哦。”

我握住千帆的手，更加大声地说道。

“咦，现在就去吗？那千帆也要去。”

“怎么可能是现在呢！你回去继续睡觉吧。”

“明明是姐姐你把我吵醒了呀。”

“好了好了，小朋友快去睡觉。”

我抱起千帆柔软的身体，向她的卧室走去。

“不要——我不要进被窝。”

千帆闹起脾气来，但我还是抱着她一起钻进了尚存余温的被窝里。

“喂，由纪子，这样真的好吗？是东京哦，东京的话你……”

我正和千帆在被窝里瞎胡闹，突然听到起居室里传来父母的对话声。我示意千帆安静，然后竖起耳朵。

“你现在还说这个干嘛。是你自己说海帆的烦恼交给我来处理的。”

“话是这么说……”

“你都是去过印度洋的人了，东京又算得了什么呢？”

二人独处的时候，父亲总是说不过母亲。尽管千帆的嘴唇被我用食指按住了，她还是扑哧一下笑出声来。

“我就知道会有这么一天的，那孩子和她爸真的像一个模子里刻出来的一样。”

母亲的话语声中混杂着些许苦笑，让我心头一紧。熊熊燃烧着的抉择火花，似乎同时也将心尖烤焦了几分。

“……姐姐？”

千帆貌似本能地察觉到了什么，用力地抓住了我的手腕。

第二章

In their cases

终结——翔太 六月

横山提议去球场。

换了往日，只要有人摇摇头，这位个性懦弱的捕手便会立马垂头丧气地选择放弃。然而不知怎的，今天他特别顽固，全体三年级成员都被他“驱赶”着悄悄来到夜幕下的操场上。

“那么，现在开始进行城清高中棒球部引退仪式，敬礼。”

横山刚说完，四名高三学生就空着手懒懒散散地走了过来。身着牛仔裤的是游击手佐佐井，穿无袖衫的是中场手冈本，而我则是一直和投手板打交道的投手。

“一号，捕手横山。”

身穿短裤的横山一边喊着自己的名字一边走进击球区，摆出握着球棒的样子呼呼地挥了几下空棒。

“来吧，小川！”

横山指了指位于冈本头顶上方的村井洗衣店招牌，似乎想告诉大家自己将击出本垒打。我连续拒绝了此刻并不存在的捕手给出的两次暗号，大幅摆臂将右手中的“球”——其实只是空气——投了出去。动作如行云流水一般，十分完美，但是——

“哐——”

横山的挥棒明明慢了几拍，却还是准确地捕捉到了我自信满满的投球，球缓缓地向中间偏左观众席的上方飞去。

“看到了吗，小川！我这电光火石的一击已经飞跃了计分板！”

修正一下，看来这是一记外场本垒打。

“好嘞，接下来轮到我了。二号，游击手佐佐井。决一胜负吧，小川！”

佐佐井从二、三垒之间不慌不忙地跑过来，将我用尽全力投出的直球击向左外场的场外，紧接着冈本也将我的曲线球击向右外场的场外。

我顿时经历了噩梦般的场外三连发。

“好，接下来轮到翔太了。来呀来呀，放马过来，公立学校投手。让你见识见识怪物新人的厉害。”

冈本扮成河北的样子，被我三振出局了。面对我投出的不旋转球，他连续三次挥了空棒。

“啊——累死了。”

佐佐井擦了擦额头上的汗，直接躺倒在内场上。

“哎呀，一开始还觉得挺蠢的，不过实际试了之后还蛮有趣的嘛。”

“结果四个方向都尝试了一下。我现在能体会历代学长的感受了。”

冈本也点了点头，躺倒在佐佐井身边。佐佐井伸手拍了拍我的脚踝，示意我也一起躺下。

“怎么样，引退仪式还是有举行的必要吧？”

横山也在一旁躺成了个“大”字，现在就差我还没躺下了。

没错，这就是城清高中棒球队代代相传的引退仪式。决意引退的三年级部员会在夜间于球场上集合，与害自己梦断甲子园的对手来一场虚拟对决。对于棒球弱校来说，这是个不太光彩的传统。

说是球场，其实不过是四面有围栏而已，既没有投手土台，也没有垒，只能算是普通的学校操场。如果下雨，第二天场上必然到处积水，排水系统相当糟糕。即便是这样，我们依旧一边和足球队、排球队争夺场地，一边全心全意地追逐着飞舞的白色小球。

“速水商业果然厉害啊。”

“甲子园好遥远……”

佐佐井感慨地呢喃道，冈本则同样不甘地给予应答。

“进军甲子园”。

某天，人来疯的社团经理突然用毛笔在活动室的墙上写下了这么几个大字，虽然队员们谁都没当回事儿，却也没有人动手将这涂鸦擦掉。

而且从那天开始，这句话变成了社团内的流行语。

“都认真点儿，你们还想不想进军甲子园！”“喂，老这么失误的话能进军甲子园吗?!”虽然大家都是用玩笑的语气说着，不过台词一旦出口还是有点害羞。尽管如此，这句格言在大家的不断传颂之中渐渐变得热血，不知不觉中化为了队员们心中不灭的炽热火焰。

“我们已经尽力了，至少没让速水商业提前结束比赛。”

“是啊，这都是队长的功劳。嘿，王牌。”

冈本抬起双腿，摆出赞美的架势。少来，我踹了他一脚。

“真想去甲子园看看啊……”

“甲子园，你我约定的地方……”

佐佐井又开始感慨，而冈本也顺着他的话说道。

“抱歉。”

横山用只有我听得到的声音说道。

说什么呢。我用左拳敲了敲好搭档的肩膀。横山本想像我一样充满勇气地给予回应，但最后还是陷入了沉默。没准是想敲我的肩膀结果伸错了手？这家伙理解我的意思时总是慢半拍。

我们彼此无言地在球场上躺了一会儿，每个人都望着静谧的夜空，描绘自己过往三年的轨迹。

约定之地，甲子园。但我并不期求这种约定，我只是……

而在此时——

“喂，你们在干什么?!”

一声怒喝响彻夜幕下的球场。

糟糕，被老师发现了？这可出人意料，要知道我们学校是没有人值夜班的。

等一下，那不是成年人的声音啊。

“欸——你们也太不配合了吧，好歹让我吓到一两个人呀。”

对方刻意压低的声音听起来反而有点可爱。

“你们还真把这传统给继承下来了呢。”

或许是因为恶作剧没有收到预想的效果，身着短裤的短发女孩意兴阑珊地慢慢向我们靠近。

“不过请不要在球场上瞎胡闹哦，我们二年级可是费了老大劲儿才收拾干净的。”

浦原明依跨坐在自行车上双脚蹬地，两手叉腰，吹胡子瞪眼地摆出人称“恶魔经理”的架势。

……你自己都骑自行车进来了，还好意思说我们。面对她所释放的强大气场，我把到嗓子眼的话咽了回去。

“可恶，你太卑鄙了，小川！为了不被我打中，居然在击球区布地雷？但我不会认输的，我要一次又一次地将你的球击向场外！”

佐佐井喘着粗气，半死不活地在击球区摇摇晃晃地走着。

“……你们一直做这种事就不觉得空虚吗？”

明依背靠在单杠上，冷冷地看着其他三人继续他们的虚拟棒球把戏。

“你光在旁边看当然体会不到，实际试过之后就会发现完全停不下来。”

我一边抖动T恤下摆好让自己凉快一点儿，一边回答道。

“真意外。”

“嗯？”

我俩的视线刚一交汇，明依就马上垂下了头。

“因为根据学长平时给人的印象，是不会和那三个人一起瞎胡闹的。”

“印象？”

“该怎么说呢，学长比较……酷。”

“酷……”

“你笑什么呀？”

“我没笑。”

间不容发之际，明依的视线死死地锁定在我的脸上。为了不让她发现我脸上的笑意，我猛地望向夜空。漫天的梅雨云让阴沉沉的天空显得愈发晦暗，夜风中夹杂着六月特有的潮湿气息，让汗涔涔的身体更加黏腻。然而不可思议的是，我并不觉得闷热。今年的夏天完全不热，或许这一辈子都……

“要和棒球说再见了呢。”

明依突然冒出这么一句。

“是啊。”

“高村学长要继续升学吗？”

“……嗯。”

——高村。学弟学妹们基本都叫我翔太学长，唯独明依不依不饶地称呼我的姓氏，不管我怎么说都不肯改口。

“学长真厉害，社团活动和学习两不误。你也没去上补习班吧？”

“我可没那个时间。为了兼顾活动和学业，我主要靠的是函授教育。”

“我光顾一头都感觉忙不过来了。”

“我也忙得团团转呀。”

“接下来请专心学习。”

她的这句话说得很生硬。虽然不明显，但此刻明依脸上的表情实在不像是在为他人加油鼓劲。她将食指插入湿乎乎的泥土中，撬起埋在土中的小石块，接着“哗啦哗啦”地挖起脚边的土来。

“若是说实话，我无法为学长的功课加油鼓劲。”

干吗说得这么绕圈子啊。

“因为我觉得学长应该继续打棒球。”

“继续？你指的是一直打到秋天吗？”

“不，还要更久。”

更久……

“嘿呀！”

明依突然站起身，猛地将小石块扔了出去。石块落在操场另一头杂草丛生的足球部球门区，发出干涩的声响。

“学长你应该这么说：‘这才是我备考的方式！’然后就一直活跃到秋季大会，获得大学推荐入学资格，之后在六大学联赛中夺冠。”

“六大学……”

“还没完呢，接下来学长以第三顺位最佳新人的身份成为职业选手，第一年饱受职棒的残酷洗礼，尝到了挫折的滋味，于是第二年转而向变化球投手的方向发展，终于在第三年进入先发阵容，第四年到第六年间一直保持两位数以上的高胜利场次，到了职业生涯的第七年一举杀入美国职棒大联盟！”

她越说越兴奋，要不是紧紧地握着单杠，几乎都要飞起来了。

“美棒大联盟……你还真敢说。”

“你又笑了。”

听你这么说当然想笑啊。

“高村学长。”

“哈哈，抱歉。这么说来，一直以来明依对我的棒球生涯考虑得比我自己还周到呢。”

“呃，这、这个嘛，因为我是社团经理呀。”

明依吊在单杠上，身体微微发抖，似乎有点害羞了。

“我呀，就喜欢想这种事情。你说对不对？光想想整个人就燃烧起来了不是？”

……我觉得你恐怕也很适合去打虚拟棒球。

“学长就没想过吗？万一有一天能站在甲子园的投手土台前会怎么样呢？万一有一天成为最佳新人了呢？”

“没想过呢。”

“学长你撒谎。至少想过一两次吧，坦白从宽。”

“真的没有啊。”

“再装傻的话，我就要赏你一记大车轮飞踢①了哦。”

“别这样。”

这话从明依嘴里说出来，多半不是开玩笑了。

“来嘛来嘛，学长赶紧把你心中羞于告人的妄想都说出来——不然我就飞踢你喽——踢掉你的脑袋喽——”

明依笑眯眯地摆出大车轮飞踢的起手式。

“都说了我没撒谎呀，我真没仔细想过这些。对于棒球，我其实并没有一个特别明确的规划，到最后，我甚至都搞不清楚自己到底为什么要打棒球。”

“……你这是什么意思？”

明依的身体突然僵住了。

……我意识到自己说了不该说的话，可是现在后悔已经迟了。

“没什么，别在意。”

① 注：大车轮飞踢，日本摔角手前田日明的招牌必杀技。

“我很在意，请讲清楚，高村学长。”

“不是什么重要的事情啦。”

“重不重要由我来判断。”

城清高中棒球部著名的恶魔经理是不会被托词轻易打发的，明依依旧吊在单杠上，一动不动地盯着我看。

“这个嘛，该怎么说呢……”

我不确定能不能将内心的想法清楚地表达出来，但要是再继续敷衍下去，没准真的会遭到攻击，只得努力组织起语言来。

“最开始，我打棒球只是为了弥补自己的缺陷。”

“缺陷……”

明依似乎有点误解我的意思，表情笼罩上了几丝阴影。

“不，说‘缺陷’好像有点过了。我以前挺消极的，成天窝在家里不出门。既不擅长和人交流，也不擅长表达自己的想法。”

“学长现在貌似也不是很擅长啊。”

明依依旧吊在单杠上，如此说道。

“也许吧。我老爸很担心我的状态，于是就教我打棒球，希望借此能让我多出出门。”

直到今天我都还清楚地记得那个位于公寓后方的小公园。我的棒球人生就是从那里开始的。

“就跟老爸的期望一样，棒球带给我全新的世界。我喜欢上了棒球，不过，要说仅仅是因为喜欢就一直坚持到现在那也不对……到底是因为什么呢？我这么说你可别生气：从进入公立高中的那一天起，我就已经放弃了甲子园之梦。而且那也不是我真正想要的东西……”

我真正想要的，是某种更为遥远的东西。我就是为了弄清那究竟是什么，才不知疲倦地持续投球。那东西不在我身边，也从未见过，不过我很清楚它确实存在。总有一天……

“不可能的。”

明依突然放开单杠，落下地来。

“明依？”

明依的声音沉重而生硬，让我一瞬间产生错觉，以为是别人从单杠上跳了下来，不由得喊出她的名字加以确认。

“怎么可能忘得掉呢？”

我从未听过她的声音如此震颤。

“你说‘我这么说你可别生气’，无非就是怕人怪罪吧。可我偏偏就要生气。”

“明依，你怎么了？”

“还能怎么了？我还想问学长你怎么了呢。放弃甲子园？不知道自己到底是为了什么打棒球？现如今说这种话你什么意思啊？”

她的声音抖得越来越厉害，从嘴唇传到肩膀，再从肩膀传到指尖。横山他们也察觉到明依有点不对劲，纷纷停下虚拟棒球看向这边。

“我不想听到学长你说这种话。学长是我……是我们的偶像！你比谁都打得更好，你比谁都练习得更认真，你比谁都更喜欢棒球！是你——高村学长带着我们一路走过来的！”

“明依，别激动。你误会了，我的意思是……”

“我要回去了。”

明依跨上自行车。

“学长是个……败战投手！”

她大概想说我是个败军之将吧。甩下这句语感微妙的斥骂后，明依头也不回地骑着自行车全速离开了。

“明依，你等会儿！”

但明依继续猛蹬踏板，车轮带起沙尘，弥漫在夜幕下的校园之中。

“呀——！”

几秒钟后，让人措手不及的撞击声响起。

“喂，浦原撞上校门了！没事吧，浦原？”

——“铃铃”。

看来她没事。明依应该是听到了佐佐井的问话，响了车铃给予回应后，就自顾自地骑上马路，消失在夜色中。

“喂，翔太，浦原那家伙到底怎么了？”

横山摇晃着庞大的身躯跑了过来。

“我好像惹她生气了。”

“啊？为什么会这样啊？我还特地……你到底对明依说了什么？”

“这个嘛……”

我自己也不明白，不过看来我确实像明依所说的那样，不擅长向别人表达自己的想法。

×

“我回来了——唔。”

才刚把公寓的房门拉开一道缝儿，浓烈的酒精味就扑鼻而来，我赶紧关上门逃到外侧的走道上避难。做了两三次深呼吸，将肺里的空气全部替换掉之后，我这才用力拉开房门。

“你总算回来了啊，翔太。”

刚走进门，昏暗的房间正中就传来某种生物醒来的声响。我没理会，径自按了房间的照明开关。

“呀，别突然开灯啊！”

母亲发出惨叫，整个人都趴在桌上。

……这算什么德行啊。

看到荧光灯映照出的“惨状”，我一时不知道该说什么好。

看来她又喝了个烂醉如泥。出门前我明明整理过房间，但此时两室一厅的起居室混乱得活像被龙卷风肆虐过一般。

“妈，你又喝多了。”

“什么啊，我有什么办法——”

母亲一边“沙沙”地抓头发，一边疲倦地抬起头来。由于酒精的影响，她的脸十分浮肿，皮肤状况也是一塌糊涂，双眼严重充血，让人看了都觉得心疼。之前她还自称“要是动起真格来，我可以打扮得年轻十岁”，现在看来简直是个笑话。

“什么叫‘有什么办法’，都说你喝太多了。”

“谁叫翔太回家这么晚。妈妈我好寂寞好寂寞，不喝酒还能干啥？”

说完，母亲将剩下的半杯烧酒一饮而尽。

“呜哇——好喝，好喝得难以置信。小翔，我觉得我这辈子都离不开杯中物啦。”

“我也没说不让你喝啊，只是让你适量地喝。”

“哼，才不要——小孩子别教训大人。而且明明还是个孩子，怎么现在才回家？该不会是又去兼职了吧？”

“没有啊，我不是说过今天要去见棒球队的朋友吗？”

我拉开冰箱的门，挡住母亲猛地投来的视线。

“哼，那就好。总之以后不准你再去兼职了，明天就去给我把工作辞掉。这是母亲的命令。”

“你怎么还在说这个？”

我从冰箱里拿出麦茶，倒了满满一杯然后一饮而尽。

“因为小翔不听话，所以我要多说几遍。你都高三了，还天天跑去兼职，考生就要有个考生的样子，努力备考……嗳，小翔，你在听我说话吗？‘嘎吱嘎吱’地在干吗？”

“我在听啊。不过现在的当务之急是把房间给收拾了。我先要收拾桌子，妈你也来帮忙。”

母亲一开始唠叨就没个完，而且还不能表现得太不把她当回事儿，所以最好的应对方法就是扯开话题。

“呃——你等一会儿，先别收拾，我还在喝酒呢。啊，不得了了，小翔你看，妈妈的杯子空了。快，小翔，快给可怜的妈妈倒点喝的！”

如此一来，她就会完全忘记刚才的话题了。母亲终于不再继续唠叨，她“咚咚”地敲着酒杯向我示意，尽管酒瓶就在她伸手可及的地方。

“好，好。”

我不情不愿地叹了口气，拿起几乎已经空空如也的烧酒瓶塞进碗橱里，然后给母亲倒了一大杯麦茶。

“啊——好可惜，虽然可以润喉，但妈妈想要的不是这个。来，不要畏惧失败，再挑战一次。”

“你就喝这个吧，别再喝酒了。”

只要待在家的时候，母亲几乎都在喝酒，而且基本上每个月都会喝过头一次。喝过头的特征是哭闹，所以只要发现她眼睛变红，我就会立刻强行禁止她继续喝下去。否则的话，不但房间会被弄得乱七八糟，第二天她的身体状况也会一塌糊涂。

“你已经不年轻了，服老吧。妈，我真的觉得你不能这么喝下去了。”

“哟——在担心妈妈的身体啊？小翔真贴心。”

尽管故意装出调侃的语气，不过母亲的笑容里还是掩藏着几分喜悦。

“真想让宫田会计也学学你这贴心劲儿呀。听我说，小翔，我们医院里有个会计超让人火大的。”

“我知道啊，每天晚上都听你抱怨。”

“那你今晚也好好听着哦。那个宫田会计大言不惭地说‘小晴护士需要提高成本意识’……去你的成本意识，一个医院的护士要是比起患者的健康更重视成本的话，这医院就完蛋了吧？当心我把你这秃头剩下的头发全剃光。啊——气死我了，还有还有。”

“打住打住，我待会儿再听你细说。今天有没有我的邮件寄过来？”

话匣子一打开，我就得整晚都听母亲抱怨了，所以要赶紧转移话题。

“Z补习班的？有啊，在桌子上。”

母亲用视线示意铺设有地板的房间。

“只有那个？没其他的了吗？”

“嗯——其他的？你指的是什么东西？不说清楚妈妈怎么知道呢——”

……看来是寄来了。

我一看母亲那嘴角都咧到耳根的笑容就一清二楚了。

“来来来，说说看，翔太觉得还会有什么其他的东西寄来？情……书？”

“行了。在桌子上？你没看里边的内容吧？”

“当然看了，我可是你妈呀。现在的孩子真不得了——还写信呢。我上学那会儿也写过，还偷偷塞进篮球队学长的桌子里……呜哇，这就是青春。嗳，是什么样的女生，可爱吗？你们亲嘴了吗？要是还没有的话下次就把人家领家里来，妈妈会躲在壁橱里。”

“行行行，下次吧。好好喝你的麦茶。”

我嘱咐了母亲一句（她到现在都没喝一口麦茶），然后拉开了地板房的拉门。

七帖榻榻米大小的昏暗房间铺着木地板，我要找的东西就叠放在窗边的书桌上。

大的是Z补习班的教材，小的则是个印花信封。信封的四角都有大红色的太阳花图案，我拿起确认时，发现用心形贴纸贴住的封口处并没有被打开过的痕迹。

母亲说“看过里边的内容了”肯定是句玩笑话，而且她要真看过了肯定不会像刚才那样笑着拿我开涮。尽管我内心很清楚，但不确认一下始终还是不安心。

自从我升高三后，每个月都会收到一封这样的信。信应该是直接放入我家邮箱的，既没有写寄信人姓名也没有寄件地址。由于信封上有印花，所以母亲便信誓旦旦地认为这是给我的情书。

母亲似乎打开了电视，起居室传来含混不清的声音。我再次确认拉门已经关好，这才开了书桌上的台灯。坐在椅子上打开信封后，父亲一如既往的字迹映入眼帘。信依旧以“翔太”两字打头。

和信封的花哨不同，信纸本身是毫无装饰的白色便笺纸。父亲用他那独特的字体极度简洁地告知了近况，并和往常一样寄来一张照片。照片上的地方应该是某地的离岛吧，十字形的岛屿之上背负着一轮夕阳，漂浮在波涛之间。虽然不知道具体是哪里，不过从岛上挂着的破烂注连绳[②]看来，应该是日本的某地。

照片的背面写着“适合演歌的岛屿”几个字，印证了我的想法。

“……真少见呢。”

我拉开抽屉，将以往收到的照片取出，一张一张确认：马来西亚、蒙古、捷克、南非、墨西哥……没错，我还是头一回收到日本的照片。

② 注：日本神道教的仪式器具，表示神圣物品的界线。

“这样啊，回日本了？”

父亲是自由摄影师，这一年来基本都在国外度过。说到叶崎亘这名字，在摄影界似乎也算小有名气，不过我还从未听他人提及过父亲。

我再度将视线落在岛屿的照片上。还真是不可思议，或许是因为岛屿本身就极具魅力，抑或是因为父亲的摄影技术精湛，我感觉自己完全无法将视线从照片上挪开。光是盯着看，仿佛就能听见海浪的声音，闻到海风的味道。

隔壁房间传来母亲的笑声，其间还夹杂着咳嗽声和清嗓子的声音，以及“再喝杯麦茶吧”的自言自语。即便是隔了一扇拉门，母亲的存在感依旧相当强烈。

我不知道那位在世界各处流浪的摄影师是怎么与这位在东京某家医院上班的护士相知相爱的，不过就像绝大多数亲戚所预言的那样，这段婚姻并未维系太久。毕竟父亲因为摄影长期在外，基本不着家，徒留母亲一人在家寂寞难耐。

父亲不在家的日子里，母亲天天都伴着酒以泪洗面。她在医院生下我的时候父亲也不在身边。自从有了我，她便每天抱着我，一边抱怨父亲的不是一边哭泣。尽管如此，偶尔父亲回家的时候母亲还是很开心的，一直到父亲下一次离家为止，脸上都挂着幸福的笑容。我觉得，母亲是爱父亲的。

或许正因为如此，这份感情才更难割舍。两人正式离婚后，母亲便拒绝接触和父亲有关的一切。既不接电话，也不看父亲寄来的信和发来的邮件，甚至连抚养费都不肯要，也绝口不提过去的事。

为了将信寄到我手上，笨拙的父亲可是下了一番苦工，最后靠不写寄信人和寄件地址方才涉险过关。他希望母亲看到信封上的花纹后会马上联想到情书，从结果来说父亲赌赢了，信顺利地到达我的手中。

突然，起居室的灯灭了。

“我要睡了。”

母亲小声说道。接着传来和室拉门被拉开的声音。

“晚安。”

说完，我也关掉台灯，静悄悄地打开窗户。

透过高大榆树的树枝，我窥探起楼下昏暗的公园。

两层楼的公寓背面，有个三角形的小公园。

我记忆中的父亲便一直在这个公园里，教我打棒球。

“我们去练接球。”

他总是这么对我说。父亲爱喝啤酒，爱抽烟，爱吃海带，不过最喜欢的还是棒球。说是不能偏袒某一支球队，所以他总是戴着顶皱巴巴的旧棒球帽，上边印着意义不明的文字，根本看不出来是哪支球队的周边产品。

榆树叶在晚风中微微摇晃。

在唯一一盏路灯的灯光照耀下，公园的滑梯将粗短的影子投向地面。我和父亲以前就是在滑梯旁练习接球。现实中的父亲此刻或许依旧在世界各处来回奔波，而我心中的父亲却始终戴着手套，在滑梯旁严阵以待。

我左手摆出握球的姿势，向着父亲投了出去。球穿过榆树枝，稳稳地落在父亲的手套里。

“坏球。”

父亲如此说道，将球扔了回来。

父亲的判定标准一向严格。

第三章

In their cases

夏——海帆　七月

高中生活的最后一个夏天和以往的所有夏天都不同。

热。总之就是很热。

以前的夏天也很热，但和今年一比就成了小儿科。

据说对于城里的孩子来说，夏天就意味着可以去海边玩。不过对于一年四季都和大海抬头不见低头见的岛民子弟来说，即便进了高中，也完全没人对海水浴表现出兴趣。如今的乡下女孩感兴趣的是……感兴趣的是？

“对A有兴趣”=“be interested in A”。这个固定用法是被动态，所以直译的话应该写作“被A引发了兴趣”。可翻译成日语的话，还是要符合本语言的表达习惯才好。类似的例子还有“be satisfied with A”和……

“海帆，你在听我说话吗？”

“嗯？”

单词本被“啪”的一声拍落在桌子上。

一度被英语常见固定用法页面占据的视野突然变得开阔，沐浴在慵懒午后阳光下的教室映入眼帘。我条件反射地看向时钟，现在的时间是下午三点半。

“呃……怎么了，千寻？”

“还问‘怎么了’，不是让你放学以后别光顾着看单词本的吗?!”

千寻大概已经喊了好几遍我的名字吧，她的脸本来就长得像猫咪，现在眼角吊得比平时更高，嘴角叼着软包装果汁的吸管。

“那么米翁和玛由当中你选哪家，海帆？”[①]

这是要选什么？我大感莫名，于是将视线投向万结寻求帮助，但是——

“我的话会选米翁，因为上周去过玛由了。啊，不过海帆还没去过，所以玛由也行。听海帆的吧。”

结果万结也把选择权交到了我手上。可突然要我说选哪家……

“prefer A to B……比起A更喜欢B。”

“你在说什么啊。”

“好痛。”

脸被吸管戳了一下。

“够了，那就米翁好了。好——嘞！今天要玩个痛快！”

“呃，等一下等一下。”

看到她们俩站起身来振臂高呼，我慌忙插嘴道：

“你俩脑子里怎么就只有玩啊，我不去哦，今天得好好复习。”

“怎么，海帆你又打算不来啊？最近很不够意思哦，上周你也这么说来着，然后没和我们一起去玛由。”

千寻拔出吸管，这次改用尖的那一头向我扎来。

“肯定的呀，明天就是全国模拟考试了。”

“模拟考试无所谓的，和学校的成绩又没关系。”

“你在说什么啊，模拟考试也是考试，肯定得认真对待呀。”

“呜哇——你好烦啊。我还以为‘认真四眼’总算决定毕业方

① 注：“米翁”和“玛由”均为卡拉OK一类的娱乐设施。

向了，结果还是这样。行了，万结，咱俩去吧。”

千寻闹别扭似的扯住万结的手腕。

“嗯——但是，又扔下海帆一个人未免也太……”

万结却并未给出赞同的回应，而是有些为难地皱起眉头，盯着我看。

“这样好了，我们今天就腾出时间来举行放学后读书会吧！”

万结双手一拍如此说道。

“啊，这个听上去不错，nice，万结。”

我也拍了拍手。

“没意思——出去玩怎么就变成读书会了？时间是从哪儿腾出来的啊？”

“不就是从米翁和玛由腾出来的吗？”

“没意思！”

不知为啥，千寻对万结的完美提议表示抗拒。

“这挺好的呀，千寻。大家一起学习，有什么不懂的地方相互请教，非常有意思啊。更何况这么一来，我们也不用扔下海帆一个人了。”

……呜哇，她真会为他人着想，我顿时有点感动。万结真不得了，又可爱，又温柔，我太喜欢她了。这么一来，读书会就势在必行了。

“很好——我来劲儿了！那就少数服从多数，采用万结的方案喽。没意见吧，千寻？”

“没意思——”

“为了全国模拟考试，加油！”

“嗯！”

万结高高举拳，响应我的号召。

“你们玩真的？拜托告诉我这都是玩笑话。”

另一方面，身为少数派的千寻难得地有些弱势地说道：

“唉——‘认真四眼’一旦动起真格来确实敌不过啊。”

她一副垂头丧气的模样。

夏天的全国模拟考试理论上并不强制要求参加，不过在我们学校，但凡打算升学的人都是默认必须参加的。由于这考试和学校的成绩无关，而且还得周六过来学校，所以对于万结这种以保送为目标的好学生以及千寻这种完全不挑大学的悠闲人士来说，模拟考试并不是什么能激起她们干劲的重大事件。然而毕竟是全国的模拟考，一方面可以检测自身实力，另一方面也能借以判断报考什么大学比较合适，因此绝对不可掉以轻心。读书会正是最好的备考形式。

“受不了了，我脑袋都要冒火了！回家吧！”

“知道了，等你脑袋真冒出火来我们就结束。在喷火之前继续加油哦。”

“可恶——恶魔！不是人！‘认真四眼’！”

读书会开始还不到五分钟，千寻就泫然欲泣地开始抱怨了。而我俩对她的抱怨充耳不闻，继续自顾自地温习功课，直到被老师赶回家为止。

×

“谢谢你，米元叔，注意安全哦。”

我对着栈桥挥了挥手，班轮也鸣响了三声汽笛作为回应。

傍晚七点过五分，我目送着班轮准时驶离一之岛，这才走上早已染满夕阳色彩的乡间小道。

今天回来得比平时晚了许多，在这座店家和街灯都极少的小岛上，夜幕已经悄然降临。尽管我和岛上的所有人都相熟，也不畏惧夏虫和动物，不过身处一片黑暗之中，还是未免心生几分寒意。

肚子开始叫唤了，还是赶紧回家吧。行走在湿热的海风之中，还没迈上十步便渗出汗来，本来就不太干爽的衬衣再次变得湿答答的。

“抱歉，我回来晚了。”

“哦，你回来了啊，海帆。来来，到这边来，哈哈哈。”

我刚打开玄关的门，就听见父亲愉快的声音从起居室传来。

今天父亲不当班，所以我早已猜到他又会喝个烂醉。父亲没在喝醉之后乱发脾气固然是好事，可我也不想被他纠缠上。不经过起居室直接上二楼？我一边脱鞋一边思考，但是今天Z补习班的教材会寄到……好，拿了教材就赶紧回房间好了。

我暗暗决定后，摆出刻意的笑脸拉开拉门。

“我回来了！”

“你总算回来了啊。哟，天才少女！哇哈哈！”

果不其然，父亲已经喝得满脸通红，矮桌上到处都堆着下酒小菜。眼前的场景真是一片鲜红——通红的脸，大红的T恤，甚至连生姜和梅干都是红的，更别提鲜红的腌紫苏，以及鲜红的答卷。整个矮桌上的东西都红得刺眼。

“嗯，咦，等一下，爸，你在看什么？”

我差点就忽视了某个关键的东西，那个掩藏在小菜和矮桌之间，同样鲜红的东西是——

“那是Z补习班的答卷吧？为啥爸你先看了！”

“啊？老爸看女儿的答卷有何不妥？你挺努力的嘛，海帆，不过字太丑了，这点到底像谁呢？”

“我的字才没有像谁呢！快点还给我，真是的。”

“喂，别扯啊，大蒜要翻了。”

“你为什么把它垫在盘子下边呀！”

我大呼小叫地将答卷抢了回来，因为太过用力，肚子又开始叫唤了。

“饿了？要不要拿点儿大蒜过去吃？”

“爸爸是笨蛋！”

我跑上楼梯，逃进了自己的房间。

烦死了，为什么我家里的人都喜欢擅自看我的信件？还说我的字丑？至少父亲没资格这么嘲笑我。

我将书包放在书桌边，脱下校服挂好，这才换上居家服——无袖上衣和短裤，尽管经常被母亲责备说没个女生样，我依旧如此打扮着度过了一个又一个夏天。如果告诉她我睡觉的时候还会把短裤脱掉的话，不知道又会被念叨多久。

“那么……”

我咽下一瓣大蒜，将答卷摊开放在书桌上。

就算和学校的成绩无关，就算老师不在面前，查看被打过分的答卷依旧让人紧张。我先大略地浏览了一下全科目的正确率，语文、数学、理科、地历公民[②]、英语——

不算……糟吧？

嗯，不错不错，挺好的。语文不错，数理也还可以，日本史凑合，世界史凑合。然后英语，我最开心的就是这门科目考得还不错。

要考上我好不容易决定下来的第一志愿，英语水平相当重要，甚至可以说，英语要是不行，这所大学就没指望了。所以老实说，这种水准的题目就算答得不错也不值得骄傲……

“哇，单词部分全对，好棒！”

可是看到分数还挺高的，怎么可能不高兴嘛。要知道我整个七月都在突击背单词呢。不枉我长期和千寻的各种骚扰作斗争。

我看了一下墙上的挂钟，离吃晚饭应该还有一点时间，不过现在去泡澡的话又有点尴尬……

“好嘞。”

我将英语答卷抽出，再次从头开始检查。检查考得不错的试卷让人十分愉悦，在某种程度上都算是一种娱乐了。单词、固定用法、完形填空、对话、翻译……我愉快地一部分一部分检查下来。

② 注：日本高考中的地理、历史和公民这三科的简称。

“阅读理解……”

看到这里，我停止了哼歌，用自动铅笔“哐哐”地敲打答卷。

分数是拿到了，可是我在这一部分花费了太多时间。真正考试的时候，速度至少得是之前的1.5倍才行。大学入学者选拔的英语科目的阅读理解占了总分的四分之三，所以阅读速度决定了生死。阅读理解需要的是词汇量、理解能力和语法熟练度，基本上就是和英语相关的全部……

“英语水平说到底就是语感。”

初中的时候，英语老师是这么说的。虽然我觉得他这话说得太随便了点——

“语感不好的人就尽量多读吧。只要多读多看，应付考试是没有问题的。”

老师如此补充道。我多半是没有什么语感的，所以只能以勤补拙……

“……嗯？”

目光突然停留在某个答题栏上。我重新检查起答题纸。

阅读理解的最后一问，英译日。需要翻译的句子被下划线标注了出来，这是文章后半段的某句话，应该体现了文章的中心思想。

My life is at a crossroads.

我的译文是“我的人生是方向不明的迷途”。

阅卷老师给我打了个叉。这不是重点，重点是他还用红笔在旁边批注道：

“翻译得很美，不过意思错了。这种情况下crossroads的翻译应该参考上下文的语境……”

我又用目光扫过原文，一个字一个字地咀嚼划线的英文，然后再看向写有批注的答题栏。

……翻译得很美。

我又重复了一遍刚才的举动，从原文看到答题栏。

……翻译得很美。

我又看了第三遍、第四遍，直到千帆来叫我吃晚饭。她还是没敲门就进来了，可奇怪的是我这次并没有发脾气。

……他说我翻译得，很美呢。

×

“什么事情这么开心啊，海帆？”

吃晚饭的时候，母亲一边给我添饭一边奇怪地问道。

“呃，哪有——我没特别开心啊。”

其实挺开心的。

“那个那个，千帆知道的哦！今天Z补习班寄资料过来了嘛。肯定是姐姐拿的分数不错，对吧？”

千帆吃得满脸饭粒，精力充沛地说道。

“是这样吗，海帆？”

“嗯——怎么说呢，从某种程度上来说分数还不能算很好。”

我装模作样地吸了一口味噌汤。

“咦——那为什么姐姐从刚才开始就一直笑嘻嘻的？”

“唔——没有啦，我只是在想，说不定我在英语这方面还蛮有天赋的。”

“可是分数却不算很好？好奇怪呀！”

“这不奇怪吧！小孩子不懂的。”

我捻起一粒粘在千帆脸颊上的饭粒，然后按在她的下巴上。

“绝对超奇怪的——爸爸，姐姐学英语很有天赋吗？”

千帆改找父亲进行鉴定。父亲曾经夸口说自己单看下半身就能判断一个人是否有棒球方面的天赋。

“当然有啊。”

父亲毫不犹豫地肯定道。

“哎哟——爸你果然懂女儿。我给您斟酒。”

“哇哈哈，对吧对吧，对于大海和女儿，我可是事无巨细一清二楚啊。”

“船长好棒！”

“对吧对吧！”

仓桥家的饭桌上回荡着父女的笑声。

“妈妈，姐姐学英语很有天赋吗？”

“这个嘛，既然他俩都这么说，应该是有的吧。”

母亲捻起千帆脸颊上的饭粒，塞进自己嘴里。

当晚。

我像往常一样，晚饭过后休息了一小时，接着便重新坐在书桌前。就在这时，放在参考书旁边的智能手机收到了短信，发出震动。

万结：明天的模拟考试加油哦——

万结真是个乖巧的女生啊，表情符号也很可爱。同样是乡下长大的，她怎么就这么有女人味呢？我马上回了一条短信，说自己肯定会好好加油。万结是由女人味做的骨肉，而我是由英语做的骨肉。呃，这么说好像有点过头了。

书桌的边上，台灯的旁边放着背面朝上的英语答卷。我用自动铅笔轻轻挑起答卷的一角。

……哎呀，翻译得很美哦。

这句话不管看几遍都会忍不住笑出来，真不可思议，每当这句话映入眼帘，似乎就能涌出无尽的活力。尽管夜色已深，我却没有半点困意。

我以前从不知道被人称赞是如此愉快的体验。看到这句批注，我顿时觉得自己真的有学英语的天分了。

对了，干脆把这份答卷做成应考的护身符好了。我记得好像折纸里有折护身符的方法。十字形的护身符——听上去似乎不错，感觉英语还有进步的空间。折护身符需要两张纸，所以试卷和答卷正好足够。可以先把卷子扫描一份存到电脑里，以备日后复习之用……

啊，越想越觉得这是个好主意。

“好的，那么事不宜迟。”

我拿着卷子走出房间。

已经好久没用扫描仪了，不如多复印几份作为练习用吧。

我蹑手蹑脚地走下楼梯，以免吵醒家里人。感觉有点心跳加速，怎么办，我的情绪逐渐高昂起来了，不知怎的，总觉得今天的自己似乎特别厉害。

没准今天能一直用功到明天一大早……

×

“……姐，姐……”

也不知是谁在叫唤，那声音仿佛是从异常遥远的水中传来的，极度模糊，听不真切。

“起来啦，真是的！”

啊，不对，这声音近在耳旁。我的身子正被人扯着晃个不停。别这样，虽然不知道你是谁，可是怎么可以对少女的身体如此粗暴呢?

“姐姐！”

呃，是千帆啊，我是看着她长大的。怎么了，千帆，想玩游戏的话晚点再说，姐姐我现在在学习呢。

“不能再睡了哦，姐姐，今天你不是要参加模拟考试吗？”

——呃。

听到“模拟考试”这个词，我的身体起了反应，瞬间弹了起来。

“好痛——”

顿时脖子传来一阵刺痛。

“姐姐，你没事吧？”

然而此刻我已经不在意脖子的刺痛，不在意自己不知何时趴在桌上睡着了的事实，不在意千帆又不打招呼就进了我的房间，我在意的是——房间里的一片光明。

“现在几点了？”

我都来不及戴眼镜，急急忙忙地向千帆问道。

“呃——七点十五分。”

“……”

三秒过后，我浑身血气上涌，正常来说五分钟前我就该出门去考场了。

“嗳，姐姐，你睡懒觉睡到这个时候能赶上模拟考试吗？”

“……”

厕所、洗脸、刷牙、换衣服、吃早饭、查看星座运势……

我拼命地运转一团乱的大脑，思考哪些事情是非做不可的，而哪些事情可以不做，以便压缩时间。而最后决定首先要做的事情是——

“睡过头了！”

大声喊出木已成舟的事实。

“海帆，一大清早你瞎叫唤什么呀，把千帆都吓哭了。”

“对不起——”

我连滚带爬地奔下楼梯，华丽丽地敷衍了一下母亲的说教，用最短的时间收拾妥当，然后连居家服都没换就往玄关冲。

“嗳，你该不会打算就穿这身出门吧？校服呢？”

母亲从起居室里探出头来。

“在书包里，待会儿在船上换。”

“别说傻话了，换好了再出门。早饭不吃了？”

“想吃是想吃……可没时间啊！打电话给爸让他把船停下来！”

“怎么可能办得到嘛，至少喝点味噌汤再出发吧，汤里还加了蚬贝呢。”

“我出门了——”

我飞快地奔到屋外，几乎要把大门撞飞。

天高云淡，今天的天空也蓝得耀眼。太阳早已升到了海平面上方，照得五岛周边的海域遍布粼光。家乡的海果然还是在清早时最美。

但现在不是优哉游哉地想这种事的时候！船——父亲掌舵的班轮马上就要离港了。

我撒开双腿，就这么穿着无袖上衣和短裤迎风奔跑起来。

求您了，海神，请保佑我赶上班轮，而且希望在上船之前不要碰见其他人。

“哟，海帆妹妹，真精神啊。”

“早安，荒卷爷爷。”

是的，我明白了，我明白第二个祈愿是不切实际的，所以至少实现我第一个愿望吧。

啊啊，糟糕透顶，我到底在干什么啊，偏偏今天睡过头。

对不起哦，千帆，难得你叫我起床，我还把你吓着了。

对不起，妈，浪费了你做的早饭。

糟糕透顶，真的是糟糕透顶。蚬贝味噌汤可是我的最爱呀。

“爸——等等我！”

我冲着大海高声呼喊，而班轮也鸣响了三声汽笛，仿佛在催促我加快速度。

×

“海帆，还好你赶上了！”

看到我伴随着铃声滑进教室，刚刚还一脸担心地盯着手机看的万结脸上顿时绽放出笑容。

“早、早啊，万结……抱歉，没接你电话……”

“没事没事，你还好吧？快点坐下。”

万结一边招手一边为我拉开椅子，看来老师略微迟到了。我无力地瘫坐在座位上，安心感、疲劳感和饥饿感同时袭来。还好，总算勉勉强强赶上了。

“你怎么来得这么晚啊，海帆！我很担心你啊！呜哇，你这是什么打扮？”

顺便一提，除此之外我的情况一团糟。千寻的反应如实地反映了我目前的状况。

脸也没洗，头发也没梳，校服在穿上之前还一直塞在书包里，于是乎我现在从头到脚都皱巴巴的。加上浑身是汗，气喘吁吁——不是我自夸，您平时真的很难见着如此拼命的女高中生。

“你黑眼圈好重啊，海帆。昨晚没睡好？”

万结拿出梳子帮我梳理蓬乱的头发，以免太过招摇。

“我睡了啊，呃——三小时，不对，两小时不到吧。”

“两小时？考试前一天晚上你到底在做什么啊？”

千寻瞪圆了眼睛。

“没干什么啊，就是一般的复习……”

“呃，也就是说海帆你昨晚一直复习到天亮吗？”

万结的眼睛也瞪圆了。

“嗯，我一想到明天是模拟考试，情绪就高涨起来了。”

“……”

我点头回答道。两人听罢，无语地对视了一下。

“唉——这就是认真的坏毛病！”

她俩一边叹气一边摇头。

“什么嘛，千寻，什么叫认真的坏毛病——”

“大家早——都到了吗？”

我刚出言反驳，教室的门就被人用力地推开了。

“那么，大家按照考号顺序各自坐好，不要留出空位哦。”

班主任山内老师夹着厚厚的牛皮信封走进教室。全班同学便按照指示换起位置来。

“好，大家加油！咱们仨来一决胜负吧！”

“我才不要加油——也不要决胜负——”

“别太勉强哦，海帆。”

我们也停止闲聊，各自走向自己的座位。只有希望升学者才会参加模拟考试，所以座位和定期考试时不太一样。让我暗暗高兴的是，万结的位子就在我旁边。

“文具以外的东西全部收进抽屉里，没说开始不要打开试卷。”

老师将一叠叠试卷分发给坐在每排的第一个学生，接着试卷便被不断向后传去。

第一科是英语，对我来说，一开始就到了关键时刻。

我做了个深呼吸，将手插进裙子的口袋，用指尖感受了一下折纸角尖的触感。在和扫描仪搏斗了三十分钟后，我又花了三十分钟研究折纸的方法。为了折出一个让自己满意的护身符，我可是花费了不少心血，单是用手指触碰一下，就会感觉仿佛有力量流过体内。

没问题的，我有学英语的天赋。我一边这么激励自己，一边打开书包。

“……”

我顿时不知道该说什么好。

“还有人没拿到试卷的吗？铃一响就赶紧写名字，要是连名字都忘了写，考再好也没用了……嗯？怎么了，仓桥，你在干什么？”

老师发现有个女学生开考之前还慌慌张张地在书包里掏来掏

去，便出言询问。

“那个，呃……我忘记带文具了。”

“白痴——”

考试还没开始，哄笑声便响彻整间教室。

“你到底是来干吗的？找其他人借一下吧。连文具都不带，等于你一从家门出来就不及格了。”

呜呜，好过分，有必要说得那么难听吗？四周再度响起哄笑声，我觉得羞得连眼镜架都红了。

“海帆，你早点说的话我就借你了嘛。”

不知为何连万结都羞得满脸通红，她将自己的铅笔和橡皮递给我。

“不好意思呢，万结。”

突然我感到后方有刺人的视线射来，扭过头去，发现千寻正托着腮尖着嘴说着什么。反正肯定不是什么好听的话，所以我也没去读她的口型。

“开始。”

铃响的同时，翻纸的声音和铅笔游走的声音遍布整间教室。

“首先记得写名字。马上就是听力环节了，都认真听题。”

大概是为了缓解大家的紧张吧，今天老师话特别多。

就我个人而言，听力比笔试难许多，为了能在总分上有所提高，我会时不时地听Z补习班的听力CD。没问题的，我一边快速浏览问题一边等待听力广播开始。

很快，黑板上的播音器开始传出“扑哧扑哧”的电子音，紧接着，地道而流畅的英语流泻而出，正当我要努力跟上节奏的时候——

“咕噜咕噜咕噜——”

我的腹部也同样发出巨大的咕噜声。

……不是吧。

教室里四处都响起窃笑声。

“你还想不想考试了，仓桥！”

老师勃然大怒，直接将妨碍听力播放的犯人名字公之于众。

糟糕透顶，实在是糟糕透顶。

×

傍晚。

“啊——总算考完了。哎，考试的时间太长了。”

和往常一样的归途上，千寻一如既往地未经许可便坐在我自行车的后座上，大大地伸了个懒腰。

“考得久不说，题目还挺难的，我到现在脑子都有点儿发烫。”

万结也和往常一样走在我的左边，一边走一边用手揉着太阳穴。

“是吗，万结也觉得难？那我不会做也就合情合理了。”

“嗯，没错，这次的考题总体来看都偏难，好像没有谁考得很好吧？”

“这样啊这样啊，这样就对了！”

说完，千寻哧溜一下跳下后座。

“所以你就别在意啦，海帆。”

她突然拍了拍我的肩。

“咦，你说我？什、什么嘛，我又没沮丧。”

“嗯，行了，别逞强了。认真二字都写在你脸上啦，一副要哭鼻子的模样。果汁给你喝。”

“啊，谢谢。”

不对，都说了不是这么回事。

“对呀，海帆，打起精神来。今天说到底只是模拟考试，发现自己的软肋反而是件好事。好好努力，下次克服就好了。”

怎么连万结也开始安慰我了？我从没说过自己很沮丧啊。

“海帆的软肋都是心理层面的，要克服的话很难哦！”

“你就别说多余的话了，千寻。拜拜，海帆，打起精神来。回头短信联系。”

“拜拜，别跳海哦，‘认真四眼’。”

“啊，嗯。”

结果你们就这么回去了。

坡道的终点，我们仨曾经亲热地一起跳入的池塘前，三个好朋友像往常一样彼此道别，她俩往住宅区走去，而我则向港口而去。

为什么呢？在她俩看来，我模拟考试考得很不好，现在应该非常沮丧才对……可我什么都没说啊。

我一时不想迈步子，于是停在原地目送两人的背影远去。

夕阳下，万结和千寻正在并行。她俩一高一矮，形成两道错落的剪影。我抿了口千寻给的果汁，好甜。

眼泪在眼眶里打转。

为什么……为什么明明我什么都没说……她俩却知道了呢？我拼了命想掩饰，可表情还是暴露了一切吗？

一切都开始于英语考试的折戟。

那之后，我的节奏完全被打乱，一直到最后都没能调整过来。

不甘心，好丢人，明明对别人说模拟考试有多么多么重要，甚至都办了读书会，结果自己却睡过头毁掉了一切。

我将手伸进裙子的口袋，摸索到那个触感锐利的物体，接着用力捏烂。什么“翻译得很美”，稍微被表扬一下鼻子就翘到天上去了。事实上，我那个答案不是错误的吗，还护身符，还有天赋？

为了补充双眼失去的水分，我用尽全力吸着果汁。本来就很甜的果汁此时感觉更加甜腻。

友人的关心既让我高兴，又让我难过。

“哦，海帆你这是怎么了？怎么一脸不高兴的样子，考砸了吗？”

这种时候，我倒宁愿对方不要顾及我的感受。

班轮码头的栈桥上，父亲正和米元叔一起抽着烟。看到我走过来，他指着我哈哈大笑。

“怎么着，我猜对了吧？你的情况老爸我知道得清清楚楚，今天看到你慌慌张张地出门，我就猜到你这次肯定考不好。”

既然你早就知道我没考好，那为什么不能安静点儿呢？我懒得出言反驳，沉默着从他俩中间穿过，爬上舷梯。

“哎哟，偶尔一次考个零分也别往心里去，天才少女。你是有天赋的！”

“拜托你别说那么大声好不好！”

而且我又没惨到考零分。我狠狠地踏在甲板上，仿佛要将船底都踩穿似的。

“你说啥呢，泰三？海帆有啥天赋啊？”

“嘿，有的哦，她在读书方面很有天赋。”

海上讨生活的男人嗓门都很大，就算不想听，他们的对话依旧会清晰地传到船上。

“是吗，真不得了。不过泰三你判断得出一个人有没有读书的天赋吗？”

“当然判断不出！”

“可不是。啊哈哈哈哈哈哈！”

……受不了，赶紧逃到展望台吧，再听他俩说下去我会恨不得一头扎海里的。

“泰三你也够蠢的，既然判断不了，就别随便给人贴标签啊。”

“你在说什么呢，老米。就是判断不来才要贴啊。”

“啊？什么意思？”

“你想啊，一个人有没有打棒球的天赋，不是看腿就能知道了吗？但是有没有读书天赋谁也判断不了啊，脑袋里的东西谁能看得见？”

“这么说倒也是呢。”

“反正也无从判断，那就直接贴个标签说有呗。只要你这么想，然后信心十足地去做，该成的总会成的。天赋这种东西，随便啦。”

……

即便是逃到了班轮二层，那俩人的对话依旧清晰地传到了我的耳中。

我坐在常年曝晒于烈日之下的长椅上，任凭海风吹拂脸颊。

“天赋这种东西，只要觉得自己有就会有。”

天赋本应该是所有人都趋之若鹜的东西，全宇宙中恐怕也只有父亲会等闲视之。

我将手伸进口袋里，取出已经被揉得乱糟糟的护身符，小心地将皱褶展平。

“翻译得很美。”

尽管曾被我那么粗暴地对待，护身符依旧源源不断地向我输送着力量。

班轮起航了，甲板轻微晃动，船体也大幅倾斜。今天的濑户内海依旧风平浪静，但很快，这份平静便被播音器传出的高亢声音打破了。

“非常感谢您今天乘坐姬座汽船。我是船长仓桥泰三，请允许我将本次播音献给鄙人那万般失落的爱女。”

他又来了，难道说我今天也得听父亲唱演歌？一想到这个，我就浑身无力。

“爱、爱海弗、卢克德、阿特……德、埃雷特里卡雷穆恩、弗朗姆、波、波斯赛德……”

船内顿时传来交头接耳声。

这不奇怪，一贯的演歌今天却变成了英语……他说的能算是英语吗？倒不如说是发音极端接近日语的假名英语。

怎么回事，父亲到底在说什么？

“爱、爱喜——德、拉布扎……布、布洛肯、维切斯塔……予哦……”

快别念了，好丢人。

大家都在笑话你呀，你到底在念什么……啊，我知道了，我看过这段英文。不是吧，好可怕，我为什么会看过？这段英文到底是什么？

“斯莫金安德……安德……安德……”

啊啊，这段文字是……

我做成护身符的那张考卷中阅读理解的文字。可为什么……

“安德……安德……这啥啊，印太浅了看不清楚。”

是吧，扫描仪不太好使了，所以我打印了好几张，看来父亲拿了其中印坏的某张。可是他为什么要读这个啊？

“海帆，你是有天赋的！听听我念的东西，然后好好加油！”

不是吧，难道说他是在……

以自己的方式激励我学习英语？

“哈哈——”

一想明白，我顿时笑了出来，而且是无法自制地捧腹大笑。我笑得直不起腰来，整个人躺倒在长椅上。

父亲真是傻透了。我确实经常说学英语练习听力很重要，可听你这假名英语有啥用呢？发音太糟糕了，啊啊，不行了，肚子好痛，快停下……

“麦莱弗、伊兹、阿特啊、库、库、库……库洛斯洛德！”

父亲真蠢，居然做出如此丢人的事来……真的是太蠢了，居然为了我……

夕阳照得人皮肤发烫，身上也渗出汗来，然而在现在这种情况下，我实在没法去一层乘凉。

更何况，要是让父亲看到自己泪流满面的样子，我真的想一头扎进海里去。

第四章

In their cases

翔太
八月

“翔太，去练习接球吧。”

父亲一如既往地用含糊不清而又低沉的声音说道。

他总是将帽檐压得很低，迈着大步走向公园。父亲的个子很高，走得又快，要追上他的步速挺辛苦的。我每次都是一路小跑，而父亲却只是笑笑，并不会减慢速度。

等等我。即便我这么说，父亲依旧只会笑而不语。

——“咔嚓”。

我被时钟分针转动的声音惊醒。

又在复习的时候睡着了。我本来用手支着脸颊，结果不知什么时候手已经滑到耳朵下边去了。感觉自己还没有完全从梦中清醒过来，父亲的话语声仿佛依然在耳边萦绕。

上一次梦见父亲是什么时候的事了呢？我摇了摇头，将睡意赶出脑袋，在朦胧的视野中，时钟的刻度渐渐变得清晰。

20:40。

我吓得跳了起来，将铺在办公桌上的教材塞进书包，磕磕碰碰地冲出放置有桌椅与储物箱的便利店办公室，来到销售区域。

“抱歉，店长，我迟到了。我休息完了。”

“啊，高村同学，你醒了？”

对方露出和善的笑容，眼角挤出皱纹。

店长差不多四十出头吧。

一头天生的卷发已经有些稀薄，总是戴着副硕大的黑框眼镜，身高不矮，却因为驼背和溜肩打了个折扣。虽然穿着印有店名、颜色鲜艳的制服，可他给人的印象却更像书店或者旧货店的老板。

“真的很不好意思，店长，我总是这样。”

“没事，高村同学，才迟到了十分钟而已，用不着这么夸张地鞠躬道歉。反正这个时间段也没什么生意，闲得很。怎么样，备考复习挺辛苦的吧？”

“但是，此一事彼一事……”

“我儿子跟你差不多大，所以个中辛苦我是再清楚不过了。高村同学你一直都很努力，要不再多休息三十分钟？”

“那怎么成呢?!”

“你还真是一板一眼呢。”

店长笑着拍了拍我的背。如果我接受了他的好意，他也会同样如此笑着拍拍我的背吧。从高一那年的春天开始算起，我已经在这家店做了三年兼职，对于眼前这位店长，我一直心存敬畏。

“那我去整理货架了。”

“啊，货架已经整理好了，你去登记需要丢弃的货品吧。”

店长叫住打算离开柜台区域的我，递来一个装有过期便当和沙拉的购物篮。

“好的，我知道了。”

我接过篮子，拿起柜台边上的垃圾箱，回到几十秒前刚刚离开的办公室前拉开门。

“啊，店长。”

我扭过头去。

“怎么了？”

“该不会在我休息的时候，您已经把货架整理好，而且把需要丢弃的货品都清理出来了吧？”

刚才明明还说没啥事干闲得慌来着。

“啊……嗯，因为没别的事干嘛，所以就把高村同学的活儿也干了。欢迎光临。”

说完，店长便笑容满面地招呼客人去了。

“我到底在干什么啊……”

我长叹一口气，坐在办公桌前的椅子上，将坐垫的弹簧压得嘎吱作响。尽管店长笑着原谅了我，可仔细想想，这个月来我已经是第几次犯类似的错了呢？

最近我明显有些懈怠了，是因为上学期已经结束，还是因为不再用参加社团活动了？不管怎样，我都必须在还没酿成大错之前重新振作起来。一方面是不想再给店长添任何麻烦；另一方面，要是真闯了大祸，我就只能主动请辞了。现如今愿意雇用高中生的店铺越来越少，好不容易有这么一家离家又近、又能接受只在周末上班的店，要是不干了……母亲多半会开心的吧。

母亲本来就反对我兼职，我从棒球队引退后，她对我施加的压力与日俱增，现在我每次出门兼职都得忍受她的一番牢骚。“考生应该专心学习。”母亲的话倒是没错，我也知道她是为了我好……

上大学后，家庭负担会加重，而且入学考试本身也不是闹着玩的。直到现在母亲还经常上夜班，我可不能让她更加辛苦。

“得加油了。”

我出声自勉道，接着将装有丢弃货品的购物篮拉到脚边。

我用专用扫码器将商品一件一件地扫过编码之后，再丢进垃圾箱。

店长对于订货量的判断十分专业，需要丢弃的过期货品数量和种类都很少。便当、面食、沙拉、甜点，我按部就班地丢弃着。

“抱歉，高村同学。”

就在我处理最后的饭团时，办公室的门被人推开了。

“我要去整理后院，你先帮忙看一下柜台。”

“呃，后院的话待会儿我去整理就好了。”

“行了行了，柜台就拜托喽！”

“等一下，店长！”

我用最快的速度来到柜台前，但店长已经不见了，只有通往后院的门在微微摆动。

……他为什么会突然去忙这个？整理后院明明也是我的兼职内容之一啊。

尽管想追上去，可是考虑到万一有客人来店里不能一个店员都没有，我只得作罢。环视店内，目前只有两名客人，等他俩离开后，就马上去后院找店长吧。打定主意之后，我站到了柜台里边。

正盯着饮料区看的那名西装男子浑身上下并无半点出奇之处，没多久就走出了店门。

不过剩下的那个穿连衣裙的女生似乎正在认真地选购商品，她胳膊上挂着购物篮，仔细地扫视着文具区。她在文具区挑了几件商品放进购物篮后，又转移到了外用药品区，而购物篮里的商品也越来越多，等到把饮料区和点心区都逛了一遍，女生又回到了文具区。在把店内的所有货架逛了个遍之后，她才怯生生地将装满商品的购物篮放在柜台。我很少见到有人在便利店一次性买这么多东西。

“我要，买这些……高村学长。”

明依有些羞赧地说道。

“真巧啊，明依。”

“哔——”

我打算先扫体型较大的商品，于是从堆得山一样高的商品中取出塑料瓶咖啡放在扫码器下。知道我在这里兼职的只有横山而已，虽然并没有特别保密的必要，不过我总有点不好意思，所以没和其他人提起过，那么现在碰到明依当然也——

“……真巧呢。”

是个偶然吧。明依的回答声细如蚊蝇，几乎被扫描声盖住了。

“哔——”

“哔——”

“哔——”

香甜味浓厚的运动饮料和气味淡薄的一般饮料、营养剂、巧克力……沉默的两人之间，只有扫码器划过商品条码的声音在不断响起。

明依似乎情绪不佳，低垂着脑袋，一会儿抓抓裙子，一会儿用食指卷弄稍微长长了些的头发。偶尔她会偷偷瞟我一眼，但似乎不愿意和我对上视线，始终不曾抬头。

“这么晚了你在这附近干吗呢？”

“哔——”我一边给瓶装黑口香糖扫码，一边问道。

“呃？啊，我之前去了趟千叶的亲戚家，现在正要回家呢。”

“是吗？你的头发变长了。”

“咦？嗯，是吧。”

“真难得呢。”

“头发这东西都会变长的吧。”

“我不是说头发，我是说你这件连衣裙。”

“会、会很奇怪吗？”

听我这么一说，明依如同裸体上街被人看到了一般，身体为之一震。

“怎么会呢，只是很少见你穿裙子。”

“哔——”食品和饮料都扫完了，接下来是外用药品。我从购物篮里取出冷敷贴。

“哪有，我穿校服的时候不都是裙子吗？”

“这倒也是，不过你总在裙子下边套一条运动裤，所以我以为你讨厌裙子呢。结果你还是会穿连衣裙什么的嘛。”

“这、这是当然的啦！我有好多连衣裙呢。”

明依似乎想表现得强势点，可话一出口语气又软了下去。

“……你挺适合穿裙子的。”

“现在奉承已经晚喽。”

我明明是在夸她，不知道为啥明依却生气了。

为什么呢，感觉我老惹这女孩生气。上次和她聊天的时候也是如此，那差不多已经是一个月前的事了吧。就在校园里和横山他们举行引退仪式的那个夜晚。

这么说来，自从上次和她闹得不愉快后，一直到今天为止，就算每次都远远看到彼此，我们也从未走近并正经八百地交谈。我停止扫货，直勾勾地盯着明依的眼睛看，但她马上就撇开视线。

……难道说她还在为当时的事生气？难得在这里碰上，我还以为她消气了呢。

“哔——”

“哔——”

“哔——”

外用药品也扫完了，接着是文具。自动铅笔、HB笔芯、橡皮擦、圆珠笔、红笔、马克笔、笔记本。

“好久没有这么聊天了呢。”

明依突然冒出这么一句。

“是啊。”

“自从学长引退以后。”

……这是毫无疑问的。

“总共4650日元。”

“给。”

我接过明依递过来的五张纸币放进收款机，找给她四枚硬币。

“我得为当时的事道歉，明依。”

“啊？”

明依正要接过找零，听我这么一说，似乎大吃一惊。也许不该在找人零钱的时候道歉……我暗暗后悔。

“应该道歉的人是我！”

明依大声说道，同时猛地低头。而接下来的声音差点把店面震塌。

“呜哇——”

她的脑门狠狠地撞在了柜台上。

“你还好吧，明依？”

“没事，没事，我没事，请别在意。”

我很在意好吗?!刚刚撞的那一下声音超大的！一脑门贴在柜台上连说三遍“没事”的人，怎么看都不觉得真的没事。

“当时我说了很多任性的话，还乱发脾气……说真的，我都不知道自己当时到底怎么了，真的非常抱歉。”

明依依旧将脑门搭在柜台上，自顾自地说道。

“这些我都没放在心上啊。倒是你脑门没事吧？有没有流血？”

“我完全没有……考虑高村学长家里的情况，就在那里想当然地胡说八道，真的……真的……”

“我自己家的事就让我自个儿操心好了，听话，头抬起来我看看。”

“学长……”

明依总算将头抬了起来，果不其然，脑门又红又肿。

“……好痛。”

“肯定痛呀。”

刚买的冷敷贴派上用场了。

“好，这样应该没问题了，要还是疼的话，就去医院看看。”

“呼——谢谢学长。”

明依确认了一下冷敷胶的触感，然后按着自己的脑门说道：

“感觉好Q弹。”

“别乱碰哦。”

“好的，高村学长果然好体贴哦。”

“看到眼前有人受伤，换了谁都会帮忙治疗一下吧。”

“我不是说这个。”

“嗯？”

“真的很抱歉。”

明依这次缓缓地低下头。

“你就别再道歉了，都说了我没往心里去。你该不会这一个月来都在纠结这事儿吧？”

“……是的。”

明依点了点头。

“不愧是恶魔经理，眼里揉不得沙子啊。”

为了缓和气氛，我开起了并不擅长的玩笑。

“请不要说笑。”

明依脸上看不到半点笑意。

“我真的一直在想哦，一直，一直……”

尽管说了让她别碰，明依还是一边摸着脑门上的冷敷贴一边垂下头去。

“当时听到学长说的话，我真的很生气。不爽，不爽，因为实在太不爽了，我反而开始逆向思考，既然学长让我如此不爽，为什么我一直以来还这么信任你呢……”

明依吞吞吐吐地说着，似乎在谨慎地措辞。

“我思考了很久……终于发现一直以来我都想错了。”

“错了？”

我完全不明白明依在说什么。明依依旧将手按在脑门上，眼睛朝上看着我继续说道：

“是说我……不对，我们一直愿意跟随高村学长的原因。”

“……呃？”

“回想起和高村学长相处的这两年时光，脑子里出现的，是学长如何照顾三年级的其他人，如何激励学弟，如何帮助我——基本都是这些。于是我总算想明白了，我们之所以愿意跟随高村学长，并不是因为你棒球打得好，而是因为你的人格魅力。”

“喂，你等会儿，怎么突然间说起这个来了？”

这种话别当面说啊，为什么这丫头能够对着当事人如此坦率地表露心迹啊。

我不知道该摆出怎样的表情，只好支支吾吾地将冷敷贴的包装纸揉成一团扔进垃圾箱。明依紧紧地盯着我继续说道：

“果然是左手，对吗？”

我扔纸团的瞬间，她如此说道。

“什么？”

扔出的垃圾精准地穿过垃圾箱半开的封口，掉进箱底。那正是我拿进办公室用来装丢弃货品的垃圾箱。

“我从横山学长那里听说了，高村学长其实习惯左手投球对吧？”

……那家伙又多嘴了。

“偶尔罢了。”

我想赶紧敷衍过去，然而明依的眼神已经变了。

“横山学长说了，‘如果我能接住那家伙的全力投球，和速水商业那一战的结果说不定就不一样了’。”

“怎么可能。”

“但是……”

明依牙关紧咬，似乎在用力地抑制即将夺眶而出的泪水。

“高村学长，我还是觉得你应该继续打棒球——”

“明依。”

我打断了她的话头。

“对不起，我没能带你去甲子园。”

我说得很慢。

“学长……”

一直故作坚强的明依此刻终于坚持不住了，她泫然欲泣地闭上双眼。

“学长果然很温柔。”

她寂寞地笑了笑。

“我回家了，抱歉耽误你这么久。”

明依最后对我点了点头，接着从购物袋里取出两瓶运动饮料。

“喂，明依，这些呢？”

我摇了摇明依留在柜台上装得满满的购物袋，而她还是径自走出了自动门。

“请加油复习吧。”

之前明明说过不会为我的应考呐喊助威，现在怎么又改口了？

她走出店面后跨上自行车，一如既往地拨动车铃铛，然后渐行渐远。

……那家伙难道是骑车去千叶？

我的目光落在明依留下的购物袋上。

咖啡、有提神效果的口香糖、甜巧克力、营养剂、零食、散热贴、文具……基本都是能给考生派上用场的东西。

我猛然抬头，发现还有辆自行车正追着明依远去。肥硕身躯下的自行车看上去有些可怜，所以我绝对不会认错人。

“横山啊……”

那家伙还真多嘴。

×

“……怎么回事？”

我刚爬上公寓的外侧楼梯，就发现房间里没亮灯。兼职结束后我就回来了，因此现在应该是晚上十点十五分左右。母亲说过今天是白班，按理说应该早就回家了。换了是其他人也就罢了，母亲在这个点是绝对不可能睡觉的……

一打开门，浓烈的酒精味便倾泻而出。

空气中的酒精浓度之高让人觉得点个火就会马上烧起来。我打开起居室的灯，发现四周乱得活像整个房间曾经上下颠倒过一般，而在一片混乱之中，母亲正趴在矮桌上。

到目前为止都还在我的预想之中。

“妈？”

唯一和预想不符的，是房间里太过安静了。

我进门都没说话，突然之间就开了灯，母亲却毫无反应，依旧这么静静地趴着。

“妈，你身体不舒服吗？”

我有点不安，又问了一句，母亲这才蓦地抬起左手，挥了挥手示意我过去。虽然没有太过担心，但我还是摸了摸胸口，走到她身边坐下。

“……”

她突然无言地抱住了我。

“……咦？”

这还真是出乎意料啊，呛人的酒精味和湿润气息袭向我的脖颈。

“妈……”

她已经很久没这么抱过我了。

我马上发现她并不是喝醉了在胡闹，可即便知道了这一点，我依旧不知所措。既不好意思抱住她，但挣脱离开的话似乎又不大好。

结果我只是一动不动地任由母亲抱住，心中默默数着她的心跳声。

“小翔越来越像他了，我都搞错了……”

母亲突然说道。

“呃？”

“啊，你肚子饿了吧？我马上给你做饭。”

母亲拍了拍我的背，仿佛刚才的一切都没有发生过似的，她的动作又恢复了平时的麻利。

“啊，嗯。”

我却还有点不明就里，只是呆呆地望着母亲向厨房走去。

“嗯？”

紧接着，视野边缘出现了令人不快的东西，我猛地撑住地板，往矮桌下窥视。

“啊——被发现啦？”

母亲在厨房里故作滑稽地拍了拍额头。矮桌下边躺着的，是空空如也的烧酒瓶。

“妈，你全喝光了？”

“有什么关系呢，反正明天休息。”

就算是这样你也喝太多了吧?!难怪母亲今晚怪怪的。

“跟你说多少遍了，别乱喝酒。”

“呀——别生气嘛！我一个人喝着喝着就想到宫田那秃子了，

然后越想越来气。”

“都回家了还跟他计较个什么啊。”

“嗯——该怎么说呢，天性使然？妈妈遇到什么烦心事一般不会马上生气，不过之后会越想越不爽。你明白吗？先遇上了烦心事，接着心里就有了点疙瘩，然后越想越心烦，最后回家喝上一杯，从而达到了最高潮。小孩子可能没办法理解吧？”

我能理解，因为其实我也是这样。

“唉——难得开开心心地喝上一杯，结果还被小翔骂……真是的，那个秃子不管在不在都很烦人。啊，对了，小翔，你的情书又来喽——正好我现在烦得很，能让我看看吗？”

“当然不可以。”

你要真看了，恐怕会陷入无可挽救的烦恼之中。

“啊——不行，还是烦。好，我决定再喝一杯。”

“都说了让你别喝了！”

“说起来，小翔，你今天又去兼职了对不对？都跟你说多少回了，考生就该专注学业。”

“你怎么现在说这个？”

母亲再度将烧酒攥在手里，恢复了平常的样子。

尽管手边摆着好几种下酒菜，她依旧能够来势汹汹地对我说教个没完。

我换上居家服，将矮桌周围打扫干净后，一边吃着端上来的晚饭，一边有一搭没一搭地回应着。母亲也不在意我到底有没有听进去，自顾自地以烧酒为燃料不停地吐苦水。

等到我吃完，她似乎也说够了，将空酒杯搁在矮桌上，困倦地打了个大大的哈欠。

“嗳，小翔，明天妈妈不上班。难得的机会，我们去外边吃饭吧。你备考这么辛苦，正好趁机放松一下。”

母亲头枕左臂趴在矮桌上，如此说道。

“抱歉，我明天得出门，没跟你说过吗？”

“说是说过了……哼，小翔好冷漠啊。好吧，明天妈妈一个人出去吃。”

“也行啊。”

我将餐具叠在一起，拿到洗碗台前。

“啊，真的好冷漠。”

“我不是那个意思。我是说，偶尔一个人独处也不坏啦。”

其实母亲才更需要放松心情吧。

“真的……好吗？嗯——真的好吗？呃——”

母亲像在说梦话一般自言自语。

“嗳，小翔，我真的可以吗？”

“可以啊，去吧去吧。”

我一边往水槽里接水，一边头也不回地答道。

“这样啊，我知道了，小翔。嘿嘿嘿，我要打扮得漂漂亮亮的，让人来搭讪——”

母亲有些费劲地站起身来，斜靠着拉开卧室的拉门。

“爱你哦，翔太。”

说完，她就带上了门。

听到母亲这么说，我该如何回应呢？

×

次日清晨。

——“咔嚓，锵”。

我被分针转动的声音吵醒，在闹钟响起之前按下了开关。

我没有马上起来，而是躺着看了看房间的状况。看来母亲不曾起夜过，估计会一觉睡到中午。为了不吵醒她，我静悄悄地叠好棉被，走出自己的房间。一进起居室，湿热空气中弥漫着的酒精气味立刻扑面而来，仿佛整个房间都在遭受宿醉之苦一般。

我随便吃了些昨天的剩菜，权当早餐，然后换好衣服。

“我出门了，妈。”

我用母亲绝对无法听见的音量说道，接着便走出玄关。一出门，整个人立刻沐浴在热浪之中。好热，明明太阳还没完全当空，却依旧热得让人难以忍受。看来今天东京也会很热啊！我想了想，回房间拿了顶帽子戴上后这才重新走到门外。尽管前后仅隔了数秒，我却觉得温度似乎又上升了点儿。

虽然走那条路去车站等于绕了远路，可我的双腿还是自然而然地向公寓的后方迈去。走了差不多十秒后，我在公园的入口处停下脚步。在夏日骄阳的照射下，公园里的娱乐设施在地上投射出浓墨般的影子。

“我走了，爸。”

我心中的父亲依旧站在滑梯旁边。

新干线准时从东京站出发了。

购票和乘车的过程按部就班得让人有些沮丧，感觉和一般的列车没什么不同。因为是第一次单独搭乘新干线，我还提前一小时到了车站，现在看来挺傻的。或许是现在的时间不早也不晚，因此尽管是暑假，车厢里的人也不是很多。除了我一个学生外，其他的基本上都是男性上班族。

过了品川站之后，我确认左右两边的座位都空了，这才打开父亲寄来的信。信的内容是一如既往的简单近况汇报，以及一张照片，现实中的父亲现在貌似在捷克。

照片背后文字的字体依旧独特：“玩具一般的街道。”

照片上映出的是如同攀附着岩壁建造的白色民居。

我盯着照片看了一会儿，才把它塞进包里。

接着我取出几本问题集，用手机确认了一下时间。在下车之前要复习四科——我给自己定下目标，关掉了手机电源。

“姬座，姬座到了。”

我如同被车内广播驱赶一般走到月台上。

新干线到站之后，我又坐了四十五分钟私营铁路的火车。尽管时间颇长，但还是没能复习完最后一科的内容。

为什么我那么容易犯困呢？明明是打棒球的人，注意力却不够集中，精神也无法长时间保持高度紧张……想到这些，我不由得有点生起自己的气来。出于不甘心，我坐在月台的长椅上将最后一科复习完毕后，这才走出车站。

从车站步行到巴士站要五分钟，我本以为漫步在绿意盎然的乡间小道上会很凉快，结果大出意料，区区五分钟的路程走得我大汗淋漓。这也导致我上了巴士之后一直昏昏欲睡，可是车程只有十五分钟，根本不给我安心合眼的机会。

“姬座港班轮渡口前，姬座港班轮渡口前到了，此站为本车的终点站。”

在终点站和我一起下车的乘客只有两人。复习不顺产生的不安、阳光曝晒下难以忍受的酷热、莫名其妙的睡意——所有的不愉快都在我看见大海的瞬间消失殆尽。

尽管和班轮渡口的方向相反，我还是鬼使神差地向临海公园迈开了步子。这公园的规模恐怕比我家后边那个大了几十倍吧?!穿过极度宽广的公园，风平浪静的濑户内海便一览无余地出现在我面前。

好美。我找不出更好的词来形容眼前的景色。

我上一次看海还是初中的时候。尽管大海经常出现在照片和电视节目中，可当它真正出现在自己眼前时，那种强大的魄力还是让人感到震撼。

待我回过神来，发现自己已经在海边逗留了十分钟以上。这可不行，再这么消磨下去天都要黑了。我环视四周，发现公园的一角有个小小的神社，大概是人们向大海祈福的场所吧。再远一点，能够看见一所建在小山山腹中的学校，不知是高中还是初中。对那所学校的学生来说，大海想必已经是日常生活中习以为常的一部分了吧。在海边长大的孩子眼中，世界又会是什么样子的呢？

我最后望了一眼大海，在海风吹拂下，心脏怦怦鼓动。

我在候船室中那涂漆剥落的长椅上坐下，远远地眺望逐浪的海鸥。班轮的汽笛鸣响三声后，以比想象中更快的速度靠近栈桥。

刚才还在悠闲地抽烟的两名船员懒洋洋地迎了上去，接住船上船员扔过来的胳膊般粗细的绳索，牢牢地系在栈桥上。待到铁质的梯子（记得好像叫舷梯）搭上栈桥，乘客们这才优哉游哉地走下船来。下船的大多是些拖儿带女的阿姨，而上船的则多为去享受海水浴的度假人士和垂钓客。在这些人当中，有个戴着眼镜、穿着校服的女高中生显得十分扎眼。

这女生看来学习很认真，我还没到站台这边来的时候她就在那里专心致志地看参考书了，直到她身边背双肩包的小女孩——多半是她妹妹吧——扯着她的耳朵叫唤，女高中生才意识到船已经来了。

姐妹俩慌慌张张地爬上舷梯，我也紧跟其后走进船内。

我一时不知道该坐哪儿，正有点不知所措时，大嗓门的船员便高声告诉我“随便坐”。乘客区分室内和室外两处，尽管室内区有空调，我还是毫不犹豫地沿着指示牌爬上楼梯，来到班轮二层的展望台。

所谓的展望台，其实也不过是一个塑料棚顶外加几把钢管椅罢了。

有几名游客正靠着护栏观看班轮离岸。突然，船体毫无征兆地摇晃起来，就这么离开了栈桥。我还是头一回搭乘渡轮，满眼所见都和想象的大为不同。

班轮猛然加速，在海面带起白波。海风几乎要将帽子吹飞，不过我不愿从护栏边离开。波光粼粼的海面上远远现出几座岛屿的身影，按照导览册上的说法，那就是姬座五岛。离我最近、最大的那座是姬座一之岛，也就是说……

“喂，能看见剑玉岩了。”

某位海水浴游客叫道，我也条件反射地抬起头。

没错，就是那座岛。

我从包里取出父亲寄来的照片，打横放在眼前。错不了，就是它，那座浮在波涛间的十字形小岛，那座挂着破烂注连绳的小岛，那座适合高唱演歌的小岛……照片中的小岛，此刻就在眼前。

乘客们纷纷雀跃地开始拍照，但我只是静静地对比着照片和现实中的小岛，等待那个时刻的到来。照片在风中“啪啪”地鼓动，而班轮也离小岛越来越近。

——来了。

照片与现实的构图完美重合。

就是这里。

我做了个深呼吸，侧耳倾听，目不转睛，微微张口品尝着空气的味道，双手紧握护栏，稳稳站定。我要将这瞬间的美景牢牢地印刻在脑海之中。

父亲曾在这里停留过。

这是父亲曾观赏过的风景，父亲曾呼吸过的空气、听过的声音、摸过的触感、体验过的情绪。我拼命追寻着父亲的足迹，自从看到父亲照片的那一刻起，就下定决心要来这里看看。

岛离我越来越近，父亲应该就是在这里举起相机，如痴如醉地拍照的吧。而且恐怕也和现在的我一样，手按帽子以防被风刮走吧。说不定我俩乘坐的是同一班巴士？他去公园了吗？看海了吗？注意到那个小神社了吗？肯定也和我一样，情绪十分高涨吧？他是不是也曾坐在那涂漆剥离的长椅上，等待班轮的到来？他看到海鸥了吗？有没有被粗大的渔网吓一跳？有没有觉得班轮比想象中小？爬舷梯的时候有没有稍微觉得有点惊险？看见船体滑过海面留下的波浪时，是否也觉得那好像大鱼的尾巴呢？看见被波浪洗刷的剑玉岩时，是否也曾感叹自然造化的奇妙？

嗳，爸……你想我了吗？

突然，我意识到有点不对劲，于是将意识拉回现实。

是声音，不过很奇怪，刚才一直正常播放广播的播音器里，此刻居然传出了……英语？不过这能算是英语吗？根本就是用日语发音念出来的生硬假名英语。但我总觉得在哪里听到过……

“吓了一大跳吧？”

“咦？”

突然有人碰了碰我的腰，惊讶之余回头望去，发现之前见到的那个背双肩包的小女孩正自信满满地看着我笑。

“大哥哥你是本土[1]人吧，是来看剑玉岩的吗？”

看来这女孩是个自来熟，面对岛外来的陌生人也全然不怕生。

“啊，嗯，没错。”

“好遗憾哦，那就不能经常听到爸爸的舱内广播了。”

“……广播？”

“嗯，我爸爸是这艘船的船长哦，是不是很厉害？”

女孩骄傲地说道。她猛地跳上铁护栏，踩在三条横栏最下边的那一根上。

“嗯，好厉害。”

她的动作看上去很轻松，但其实船摇晃得挺厉害，我有点担心她会不会滑倒。

“爸爸的广播很受欢迎哦，超有趣的。他还会唱歌哦，虽然五音不全。”

“哦……啊，是这样哦。”

“嘿嘿嘿。”

女孩露出天真无邪的笑容，踩上了中间那一根的横栏，尽管手还紧握着最上边的横栏，可她的上半身已经完全探出了甲板外。我正犹豫着要不要让她下来，女孩又继续说道：

“不过今天要上学，姐姐也在船上，所以就没歌听啦。”

“没歌听？”

“嗯，每当姐姐坐船的时候，爸爸都会像现在这样念英语‘里森零’，因为姐姐要备考嘛。”

“里森零”？是说听力（listening）吗？就凭这种发音？

① 注：这里指相对于离岛而言的日本本州。

“虽然姐姐一直让他别这样。”

这才对嘛。

“可是姐姐在撒谎哦，我知道的，其实她心里高兴着呢。那孩子总是那么不坦率，真的和她爸一模一样呢。”

女孩煞有介事地抱起双臂，眉头微颦，大概是在模仿她的母亲吧。虽然看起来她没有继续往护栏上爬的打算，但松开双手反而更加危险，我正要出声让她下来——

“当然啦，其实爸爸也喜欢撒谎。”

女孩的笑容突然蒙上了一层阴影。

“虽然爸爸在给姐姐加油鼓劲，但其实并不想她考大学。因为如果姐姐去了东京，他会很寂寞的。”

“……你姐姐要报考东京的大学吗？”

“嗯。”

我脑海中突然浮现那个认真看书，视线几乎要将镜片穿透的女高中生身影。这么说来，那女生可能会成为我的应考对手呢。

我没说什么，只是轻抚女孩柔软的头发。

这不奇怪，家人就是这样的。我想她的姐姐正是因为理解父母的想法，才奋发图强的吧。在这种离岛上想必不会有补习学校，而每每输给睡魔的我和她的姐姐一比，在学习方面的意志力怕是天差地别。我顿时有种被当头棒喝的感觉。

“唉——大家就知道撒谎！”

女孩平摊双手，站在护栏上晃动身体。

“……如果姐姐去东京的话，你不伤心吗？”

“嗯？”

我将女孩抱下护栏，如此问道。

“嗯——”

女孩完全没有任何抗拒，乖乖地让我抱着，然后被我放在了甲板上。

“我不想她走，会很寂寞的——”

她说这话的时候，笑得如同阳光般灿烂。

“所以我也撒谎了呢。我们家每个人都在撒谎，好讨厌——”

女孩高举双手，似乎很开心。

“嗳，大哥哥。”

“呜哇！”

她高举着双手扑到我的背上，为了不让她摔下去，我自然而然地弓起背。

“大哥哥是一个人来的吗？”

“呃……”

我忙着调整姿势，没能马上回答女孩的问题。不知怎的，我有些支吾起来，看着渐渐远去的剑玉岩——

“不，我和我爸一起来的。”

现在的我，只想假装自己也有幸福的家庭。

第五章

In their cases

秋——海帆 九月

“海帆，吃早饭喽——你起来了吗？”

“我起来了呀，马上就来。”

听到母亲在楼梯下叫唤，我大声回应后，又将视线重新投向英语试卷。

最后一问，四选一。

①、②选项一看就知道不对，因为前三问答案都是④，所以这题本想选③，不过我很快发现③的语法有问题，于是在活页纸上写下了④。

——做完了。

我将自动铅笔放在书桌上，接着按停随之响起的手机闹铃。

“好嘞……”

我吐了口气，瘫靠在椅背上。紧张解除的瞬间，肩膀突然变得沉重，闭上眼，连眼皮都有些发疼，大概是因为长时间保持同一个姿势的关系，我的腰和背都有些吃不消了。

“做完了……”

尽管如此，成就感还是战胜了身体的疲劳感。第一志愿大学的历年真题——之前别说答题了，我连看都看不太懂，不过现在好歹在正式考试的规定时间内做完了，虽然不知道正确率有多高。

谢谢您，老师，果然英语靠的就是大量做题。

“海帆，快点下来，不然要迟到了哦！”

“好——我马上下来。”

我还来不及感受一下大功告成的喜悦就站起身来。

拉开窗帘，让清晨的气息充盈房间。面前是波光粼粼的大海，在五岛这地方，最佳的观海时节果然还是夏日的早晨。

九月一日，上午六点三十分，高中生活的最后一个夏天结束了。

我穿上已经有点陌生的校服，不知为何感到有些不好意思。

以往我都会嫌暑假太短，不过今年反而感觉格外地长，似乎这个夏天持续了很久很久。然而相对于漫长的体感时间，值得一提的回忆却少得可怜。“一直在学习。”感觉光这一句话就能将这一个半月来的大半时光简单概括了。

每天我都早睡早起，白天都是一个人对着书桌度过。不看电视，不打游戏，不去旅行，不和朋友玩，甚至都没和千寻、万结见过面。十八岁的夏天，在潜心备考的过程中我终于意识到：备考最痛苦的并非“复习”本身，而是为了复习“啥都不能干”。

最难受的是，连高中棒球赛都不能看了。高中棒球赛是每年夏天最为重要的节目，只要看上一秒，就绝对停不下来——对此我也心知肚明，所以肝肠寸断地决定将其暂时戒掉。我对自己说“今年夏天没有举办高中棒球赛”，然后屏蔽了广播、报纸、网络、体育新闻上的所有和甲子园有关的信息。

……至少我一开始也是这么打算的。白天一个人坐在书桌前时，楼下会传来正在看直播的父亲和千帆发出的欢呼，能感受到他俩伴随比赛进程的情绪波动。

这让我很难熬，老实说有点想哭。好几次我都想放弃，可最后还是坚持了下来，执拗地继续坐在书桌前，一边哭一边抚摸护身符。

我轻轻地拉开抽屉，护身符就静静地躺在右边的角落。轻抚护身符，心情再度神奇地平静下来，对于孤独的我来说，它是唯一的伙伴。护身符承载了我在整个夏天积蓄的压力，边角已经磨损，看上去略显残旧，不过这也可以当成是我暑假辛苦付出的成果展现。

“海帆，你还去不去学校？”

“去的去的，我肯定要去的呀！”

听到母亲第四次的提醒，我慌慌张张地冲出房间。

“动作快一点，不然就赶不上喽。”

“好——”

母亲正抱着双臂站在楼梯口处。我从她身边穿过，跑进起居室，只花了三分钟就吃完早饭，然后一把拉起千帆跑出玄关。

整个暑假我都没好好休息过，所以现在反而格外期待新学期的到来。把整个暑假都献给复习之后我还发现了一件事——如果在家里学习过了头，去上学的时候反而会有种要去野餐的雀跃感。

“早呀，海帆，好久不见了。”

走进久别的教室，坐在久别的位子上，久别的万结便来跟我打招呼了。

“早——哟，万结你剪头发了啊！”

万结的新发型十分可爱，让我想伸手摸摸看了。

“是呀，会不会很奇怪？”

万结羞答答地摸了摸自己的一头短发。

“怎么会，很可爱哦。”

“真的？好棒！海帆一点儿都没变呢，暑假去哪儿了？”

“哪儿都没去，一直在复习。万结你呢？”

“我家就今年盂兰盆节时回了趟老家。”

“也是呢，高三没办法。千寻呢……咦，千寻还没来？”

但凡谈到有关玩的话题时从不缺席的千寻此刻却不见踪影，正当我四下张望的时候——

“她在睡觉哦。”

我顺着万结手指的方向看去。啊，真的呢，千寻小小的身体正趴在课桌上。真少见，上课的时候睡觉也就罢了，现在又不是上课时间。

我和万结交换了一下视线，然后彼此心领神会地向千寻的座位走去，尽管我俩并没有刻意压低动静——

“你睡着了吗，千寻？”

“哇——怎么了怎么了?!”

一拍千寻的后背，她顿时像弹簧一样跳了起来。

“什么嘛，是海帆啊，别吓我好不……”

“吓一跳的是我好吧，一大早的你在干什么呀？”

“没、没什么啊，我啥都没干——啥都没看。”

“嗯？”

千寻笨拙地试图掩饰什么。这时，有什么东西从她的膝上跌落地板。

“咦，千寻，你掉了什么东西哦。”

“呜哇——不准看，万结！”

原来千寻一直在装睡，她偷偷看的既不是漫画，也不是手机，更不是情书——

“问题集？千寻也在复习吗？”

万结有些难以置信地翻看着刚刚捡起的问题集。

“那又怎么样，快还给我。”

两个月前，千寻还气势汹汹地训我，让我别一下课就背单词，结果现在她自己也开始看问题集了。看到她和平时判若两人的窘样，我不由得暗暗发笑，不过说起来……这丫头晒黑了呢。

“干吗啊，海帆？别一直盯着别人的脸看。”

“嘿嘿，没什么，我只是想看看夏天玩疯了的鑫斯小妹现在是个什么德行。”

“呜哇，不准看——我才不是鑫斯！”

千寻以问题集为盾牌，试图挡住晒得黝黑的脸颊。

“我果然猜中了，千寻鑫斯！”

“闭嘴闭嘴！”

“好了，海帆，别欺负千寻啦，好可怜的。”

万结开始替千寻说起话来，她一向站在弱者那一边。

“就是啊，就是啊，我好可怜的，不准欺负我，‘认真四眼’。”

“抱歉抱歉，我也不是要欺负你啦，谁叫你鬼鬼祟祟的。有没有什么不懂的地方啊？英语的话说不定我可以教你，有问题就尽管问吧。”

说着，我拿过那本几乎全新的问题集。

“全都不懂。”

“……”

我合上问题集，还给千寻。

“嗳，海帆，我还来得及吗？”

但千寻一把抓住我的手腕，泫然欲泣地问道。

“来不来得及……”

真拿这丫头没办法。

“来得及，所以我们一起加油吧。”

“真的吗，海帆？”

我也只能这么回答啊。

“我们再办读书会吧！”

万结笑嘻嘻地握住千寻的手。

“海帆，万结，谢谢你们，我会加油的，绝对会加油的。唔哦——全身都是干劲！从今天开始我浴火重生了！不再是螽斯，而是考生了！”

千寻花了五个月的时间，总算认识到了自己是考生这一事实，并高举问题集，大声宣布将和偷懒的过去一刀两断，成就全新的自我。

“要的就是这个气势，千寻。那这周末我们就来开读书会吧！”

“啊，这周末不行。”

结果这股气势没持续多久。

“我现在开始周末都要兼职。”

……什么？

我差点晕过去。她说什么来着？我刚才一定是听错了。

“哎呀，你俩都不陪我玩，所以暑假我挺无聊的，于是就开始在度假区做兼职了。那边帅哥很多，挺开心的，开学以后我还是会每个周末继续去兼职。还是在非周末的时间学习吧。”

原来我不是听错了啊……

“嗯，你俩怎么了？来来来，来学习吧！拼命学！从哪一科开始比较好呢？”

“我觉得你先把工作辞掉比较好。”

我和万结的回答从语调到字句都完全一致。

翔太 十月

“请等一下，店长，为什么突然要我辞职？”

月末，我像往常一样到店里兼职，却听到了过于突然、过于意外的消息。

“是要解雇我吗？”

我完全无法理解。

“啊，不，说解雇未免有点那啥。嗯，也是的呢，肯定会这样的。”

店长双手撑在办公桌上，有些苦恼地歪了歪头。

他手下按着的是我刚刚提交的下月出勤NG表，这家店的所有兼职人员都要在每个月末提交书面表格，告知下个月无法出勤的时间。

“为什么要解雇我？这太突然了。”

被我这么一问，店长挠着后脑勺含糊地说道：

“当然不是因为高村同学有什么问题，不过你毕竟是考生，所以也不好让你一直来上班。”

“都什么时候了，请不要说这种话。关于这一点我们不是已经沟通过了吗？”

我所在的高中，学生到了高三下学期每天只有上午有课，而且课程内容基本都是自习或者模拟考试，所以就算每周做两次兼职也完全不会影响备考时间。也正因为如此，很早之前我就和店长商量好，在今年年内依旧过来兼职。

“这个嘛，总之就是，我改变主意了。没错。”

“改变主意了……”

“嗯，没错。”

他在说些什么啊，我紧紧地盯着店长看。

“怎么了，我脸上有什么东西吗？”

虽然没沾着什么东西，不过你的表情也太过不自然了。

“……发生什么事了吗？”

我还没见过这么不会撒谎的人。

“没有没有，什么事都没有。这是我深思熟虑后得出的结论。”

深思熟虑过的人会选择在这个时间点说这种话吗？要知道后天就是十一月了啊。

“店员突然富余起来了吗？至少在雇到交接的人以后……”

“人手方面总会有办法的，万不得已的时候我一个人看店也是可以的。”

“不可能的。”

“不可能又怎么样，我的店我说了算。高村同学，还有更重要的人需要你去照顾，那人可比我要紧多了。”

“重要的人？”

“别老是这么任性，偶尔也该听听你妈妈的话。”

说完，店长笑着拍了拍我的肩膀。他就是这样，总是很和善，总是为他人着想，永远的老好人一个。

“……我妈来过吗？”

而且脸上完全藏不住事。

“呃？”

“来过对吧？”

我从没告诉任何人母亲不支持我兼职，所以如果店长知道了这件事，信息来源就只有一个人。

“啊，不，那个……真头疼啊。”

店长自暴自弃地挠了挠头。

“果然是这样。”

妈，你至于做到这份上吗?

“高村同学，你可别发火哦。多好的妈妈啊，你就多陪陪她吧。”

“您等会儿，店长。”

我见店长打算强行终止对话，赶忙踏前一步说：

“我不清楚家母对您说了什么，可是现在我不可以辞职，这也是为了母亲好，求您了。”

我不顾一切地低下头。

“……求您了。”

我知道请求是徒劳的，未成年人打工必须有监护人的许可。母亲既然都专门到店里来了，就肯定会谈及这方面的问题。尽管如此，我还是不愿就此放弃。

店长看着我说：

“你们母子俩真像。”

说着，他伸出双手轻抚我的脊背。

“高村同学的妈妈也是这样对我低头恳求的呢。”

“咦？”

“请求我辞退她儿子。”

“……是这样啊。”

我不知道该说什么才好，只能皱了皱眉。

“高村同学也很爱你母亲呢。”

店长面带微笑地看着我，说道。

“哪有，请别开我玩笑了……”

“不过呢，高村同学，听我一句话——我觉得你关心母亲的方式有点不太对。”

“……嗯？”

我顿时抬起了头。

“我儿子跟你差不多大，所以我很清楚。”

店长依然面带笑意。

每当原谅我犯下的错误时，他总是会露出这种笑容。

“高村同学，感谢你一直以来的辛勤工作。”

他最后一次拍了拍我的肩膀。

我一言不发，甚至没办法思索店长那句意味深长话语的真正含义。

×

“妈，到底是怎么回事？”

我一回到家，连门都没带上便开口质问。带着怒意的话语声在起居室里回响，然而此刻房间里空无一人。

“妈？”

我按下照明开关。

在荧光灯的灯光下，收拾得整整齐齐的起居室出现在视野之中。既没有被龙卷风席卷过般的杂乱，也闻不到令人窒息的酒精味。但同样，也没有人类的气息。

我回头看向玄关，发现母亲的鞋就摆在正中间。

“你在睡觉吗，我开门喽？”

说着，我轻轻拉开和室的拉门。

昏暗的房间正中央，铺着床白色的棉被。

“妈？”

盖着棉被的身躯看上去是那样的瘦小。

“妈……”

我走到她枕边，又叫了一声。

“啊，小翔，你回来啦。”

母亲总算睁开眼睛回应道。

“你在干吗呢……妈？”

“嗯？我在睡觉呀。”

“为什么？”

“当然是因为困了呗。”

“……这样啊，你没事吧？”

“没事呀，怎么了？”

“因为你好像也没喝酒。”

“你妈也不是天天喝酒的嘛。”

母亲微微一笑，说道。

……谁说的，我就没见母亲哪天没喝酒过。

“好嘞，我来做饭，你稍微等一会儿哦。”

“不用了。”

“那怎么行呢？”

“真的不用了。”

“你生气了？”

“咦？”

母亲没有起身，依旧躺着看向我。

“你才兼职回来吧？生妈的气了？”

“……”

之前说不生气是假的，但现在情况又有些不同。

“没事就好。”

母亲从被子里伸出胳膊，握住我的手。

“考生就别浪费时间了，专心备考吧。”

“但是，妈……”

“没事的，钱的问题妈妈会想办法。”

“……”

“小翔，你就别瞎操心了。”

说着，母亲拍了拍我的手背，我紧紧握住她的手。

……不行的，妈。

就是因为你这么说，我才不得不操心啊。

我操心的不是钱的问题。因为妈你会想各种办法，会勉强自己，让身体超负荷运作，我是担心你呀。

你今晚怎么没喝酒了？不是一辈子都离不开这杯中物吗？为什么还不起来，不是要做晚饭了吗？为什么你的手这么烫？为什么不告诉我你发烧了？

“……小翔？”

求你了，妈，你一直都在勉强自己。听儿子一句话，别再为了我而过度操劳了。

“……”

无数难以说出口的情愫在胸口层叠积郁。明依说得对，越重要的事我越难付诸言语。我很害怕，害怕自己一旦不再打棒球，就会像以前那样沉默寡言。

“你去哪里，小翔？”

母亲收回手，坐起身来。

“厨房，我来做饭。”

“不用啦，妈妈来做就好，小翔你先去洗澡——”

“没事的，我做吧。”

“小翔？”

“我会听妈的话，辞掉兼职的工作。作为交换，周末就让我来做饭吧，可以吗？”

我站在门口头也不回地说。

“可是你行吗？”

“没问题，反正我也不去兼职了，这点时间还是有的。”

“我不是这个意思，我是问你会做饭吗？”

“咖喱的话……”

“嗯——”

母亲抬起头，沉默地看了看天花板。

“难为你了。”

她小声说道，而我装作没听见，径自拉开房门。

“别切到手指哦。”

“不会的。”

“真的不会吗——”

“我又不是小孩子了，没事的。”

“难讲呢——男人都喜欢这么说，然后就切到手指了。亘以前也是哦。”

——咦？

“要是做不来就说哦，换妈妈来做就好。”

说罢，母亲翻了个身，睡起了回笼觉。

“嗯，我知道了。”

我轻轻地带上拉门。

——亘。

自从离婚以来，这还是母亲第一次提及父亲的名字。

海帆　十一月

一踏入临海公园，干燥的海风便扑面吹来。

早知道就穿双丝袜了——我打起冷战，一边摩擦大腿一边想。而千寻和我是一样的打扮，看来她也挺后悔没多穿点衣服。公园徒有宽敞的面积，却没半点游乐设施，这更加助长了四周的寒意。如今已经是十一月，天高云淡。在我和千寻上战场之前，属于万结的战争已然吹响了号角。

指定大学推荐入学考试。

“那么要开始喽，万结。准备好了吗？”

“只是练习而已哦，放松点——”

我们在寒风中瑟瑟发抖，坐上长椅。接着，我和千寻先后向万结送出声援。

“嗯、嗯，放、放、放松对吧？我我我、我知道的。”

看到万结这样子，完全无法让人放心呢。因为她太过紧张，我们才突然决定为她举办一场模拟面试……不过情况好像比想象中还严重呀。

“那么开始吧。下一位，请进。”

“好、好的，我进来了。”

我扮演面试官，示意面试开始后，万结郑重其事地鞠了一躬，走进“面试房间”。

“请坐。”

“好的，谢谢。”

我示意之后，万结又鞠了一躬，坐在我们刚刚从别处搬来的木箱上。

她并拢双腿，双手微微握拳置于膝盖上。嗯，仪态端庄，服装整洁，脸也圆圆的。那么就先从一些基本的内容开始吧，我清了清嗓子。

“首先请自我介绍，然后说明你的申报志愿动机。”

“好的，我叫清水万结，大崎三岛高中三年级生。我的梦想是扎根于家乡，并为家乡的发展做出贡献，而贵校的毕业生中有很多人都在建设我们共同的家乡——姬座岛方面成绩斐然，所以我非常希望自己能够进入贵校就读。”

“你在高中生活中有什么难忘的回忆吗？”

“高三的运动会和高一的长距离游泳大会都让我记忆犹新。尤其是游泳大会，虽然十分辛苦，但事后的成就感也是无可比拟的。”

嗯，还不错嘛。

看来万结事先做了很充分的准备，每个回答都无懈可击。接着轮到千寻提问了，我对她使了个眼色，示意她别胡闹认真点儿，而千寻也用力点了点头。

“初吻是什么时候？”

“咦？”

结果第一问就偏离了正常轨道。

“喂，千寻，你在问什么——”

“恕、恕、恕我才疏学浅，还、还、还没体验过。啊，如果对方不限定为人类的话，小学的时候曾经亲过家里养的柴犬……”

“暂停暂停，万结，这种问题不用回答。”

我“啪啪”地拍手，让万结清醒过来。

“你到底在问什么啊，千寻？不是让你认真点的吗？”

“哎呀，玩笑而已啦，玩笑。你看，她不是不紧张了吗？”

对于我的责问，千寻只是坏笑着耸耸肩。

“万结缺的是笑容。”

“……笑容？”

听到这意外的提点，万结的眼睛瞪得浑圆。

“没错，笑容是很重要的。要知道，你给人的第一印象中，外表就占了九分。想想嘛，像万结这么可爱的女孩子，光是笑笑，那些大叔面试官就会脸红心跳了吧。”

虽然我不想想象一群大叔脸红心跳的样子。

“是吗？笑容啊，我知道了。”

万结是个实在人，不加怀疑地接受了千寻那半真半假的建议，努力舒缓自己紧绷绷的脸颊。

“这样如何呢，千寻？”

“……”

“……”

“……”

“……”

“……”

现场的气氛变得难以名状。

“……我说，千寻啊，我的笑容怎么样？”

“呃，你这已经是在笑了吗？我还在等着你笑出来呢。”

千寻惊讶地站起身来。

“咦，好过分，我可是拼命在笑了呢。你说是吧，海帆？”

“呃，嗯。”

老实说我也在等她笑。糟糕，看来万结的情况很不乐观。

“嗳，千寻，突然让一个紧张得不得了的人笑未免也太强人所难了。”

“嗯——会吗？”

“那个，两位，我现在可是很认真地在笑哦……”

“啊，那要不这样——”

千寻无视万结的抗议，弹了个响指。

“你想想喜欢的男生呗。脑海中浮现起每天晚上都心心念念的男生的话，应该就能自然地笑出来了吧。女生不都这样？”

“原来如此，喜欢的男生啊……万结，这样行不？”

“呃，你突然让我想喜欢的男生……”

万结顿时满脸通红。

“应该没有吧……我也不知道。”

她捂着脸，露出堪称完美的笑意。

“肯定有，别撒谎！”

“哟，是谁是谁是谁啊？告诉我嘛，万结，我们可是朋友啊。”

“呜哇——不行不行，都说了没有啦！真的没有！”

万结拼命摇头，然而她的搪塞显然太过无力。

面对两位神色大变的面试官，考生那可怜兮兮的薄弱防御被轻易击垮，只得将个人隐私一一道来。

一晃眼，已经是日暮时分。

“哎呀——笑死我了笑死我了，没想到万结会喜欢金冈啊，难以置信——”

娇小的千寻猛地靠在椅背上，拧开塑料瓶的瓶盖。

“嗳，千寻，你声音太大啦。”

坐在她身边的万结如同惊弓之鸟般环视四周，接着也拧开自己饮料的瓶盖。

“你不用那么害怕啦，万结。金冈同学才不会来这种地方呢。那么，我们开始吧？”

我站在她俩面前，将拧开盖的可乐凑在嘴边充作话筒。

“呃——那么就让我们预祝万结入学考试成功，干杯——！”

“干杯——！”

“Yeah——！”

三人意气风发地举起塑料瓶。

伴随着塑料彼此撞击产生的钝音，公园的长椅也由面试练习会场变为了推荐入学考试壮行会场。

“加油，万结，只要你发挥今天练习的水准，真正上场的时候肯定没问题。”

千寻将手搭在本日主角的肩膀上，装模作样地说道。

“结果到最后我们不也没怎么练习吗？都怪千寻带偏了话题。”

“你在说什么啊，一谈到恋爱话题，最起劲的不是海帆你吗？对不起呢，万结，我们家海帆就是这么八卦。”

“没事没事，好久没和你俩这样聊天了，我很开心呢。感觉面试也没那么可怕了。”

万结把手中的红茶瓶充当杠铃挥动了几下，表示自己浑身充满了力量——尽管她胳膊上没半点肌肉隆起。这么说来还真是呢，我们仨已经很久没聚在一起谈天说地了。嗯……有多久了呢？应该是从我全力备考开始？还是从梅雨季节开始？不是吧，有这么久了？因为每天都会见面，所以完全没有意识到。

“怎么了，海帆？在发呆吗？”

“呃，啊，没有没有，我刚刚在想点儿事情。”

“哟，怎么了，海帆，难不成你在想金冈？要发展成三角恋了吗？”

千寻一脸故意挑事的猥亵表情，交互看了看我和万结。

“骗人——真的是这样吗，海帆？”

“怎么可能，绝对没这回事好吗？万结，你就别想些有的没的了，只考虑最重要的事就好。如此一来肯定一切顺利，不管是考试还是金冈同学。”

“呃，真、真的吗？真的会顺利吗？嘿嘿，嗯，谢谢。”

虽然不知道万结现在脑海中浮现的场景是关于考试还是恋爱，不过她看起来是打从心底感到开心。

“嗯—— 一般说来，只要拿到指定大学推荐基本就没问题了，考试别发挥得太糟糕就成。”

而千寻则继续着她没心没肺的言论：

“啊——羡慕死人了，万结接下来可以想怎么玩就怎么玩了。啊，对了，等万结参加完推荐入学考试，我们去卡拉OK好好庆祝一番——”

“不行。”

千寻话音未落，我就驳回了她的提案。

“你嘴也太快了吧，让我把话说完嘛！就当是放松一下，有什么关系嘛！”

“说不行就不行，千寻你一玩起来就什么都忘了，所以还是一门心思做正事比较好。”

“唔唔，明明一聊起恋爱话题就来劲。‘认真四眼’真可怕，在关键问题上一点儿都不肯退让。”

“好啦好啦，我就当你是在夸我。”

我灌下一口可乐，仿佛是在将千寻的抱怨一饮而尽似的。

“没错啊，我是在夸你呢。”

“噗！”

但没想到她并不是在抱怨，于是我将呛在嗓子里的可乐喷了出来。

“你还好吧，海帆？”

“喂，你在干吗啊，海帆？”

“还不是因为……千寻你……说了奇怪的话……”

我一边吐着可乐，一边痛苦地揉胸口。

“我哪有说什么奇怪的话？”

“……咦？”

“怎么了嘛……”

一和我对上视线，千寻马上有些尴尬地撇开脸。

“我说的可都是真心话哦。你们俩都挺厉害的，我既没办法像万结那样品行端正，也没办法像海帆那样刻苦学习。我真的觉得你俩好厉害。”

“干吗突然这么说……”

“不为什么，只是突然在想‘认真’说不定也是种天赋。”

千寻倾斜塑料瓶，任由瓶内液体滴落在地。

“嗳，海帆，关心他人固然是好事，不过不能因此耽误你自己的功课哦。”

“……嗯，我知道的。”

也不知道这两个月来千寻的心态起了怎样的变化，以前从没见她这样子过。

“唔啊，不行，这里实在是太冷了，我们去米翁吧！”

千寻似乎受不了这有些尴尬的气氛，她一边大声嚷嚷，一边在濡湿的泥土上蹭着鞋底。

“这样不可以哦，千寻。米翁还是等大家都考完之后再一起去吧。”

万结马上给予了否定。

“那不得等到春天了吗——好遥远。”

千寻望向海面，仿佛在远眺尚未到来的春天。

“不只是春天，夏天我们也可以一起去呀。等到放暑假的时候。”

“对呢，去吧去吧。”

“然后冬天我们也可以去哦，不是还有寒假吗？再接下来是后一年的春假……”

“感觉好像一直在放假呢。”

我本只是打算说句玩笑话，没想到千寻和万结听了以后彼此对视，露出了寂寞的笑容。这时，我才意识到了什么——

对哦，我的目标是东京的大学，她俩则选择留在本地。如果各自的愿望得偿，我就只有在放假的时候才能和她俩见面了。

我不由得心头一紧，虽然早就知道会如此，但今天难得和她俩聊了这么久，开心过后，心中反而更加惆怅。

“海帆。”

“海帆。”

千寻和万结分别握住我的手，温热从掌心传来。千寻在右，万结在左。

“我们永远是朋友哦。”

“永远是好姐妹哦。”

她俩的掌心是那么温暖。

“……嗯。”

我用力地回握她俩的手，就算掌心不如她俩温暖，至少在握力上不能输。只要不忘记这份暖意，我们就永远是朋友。

“来，一起发个誓吧。”

我拉着她俩迈开步子。

“咦，海帆？”

“发誓？发什么誓啊？”

“当然是向神明发誓呀，走了走了。”

我紧紧地握着她俩的手，一起朝公园一角的神社走去。

“海帆，别拉我呀，要摔跤了，呀！”

“那神社是保佑航海平安的哦，海帆。”

“有什么关系，反正也是神明对吧？发誓的时候总得有个见证人吧。”

“真的假的，你好麻烦啊——唉，‘认真四眼’的坏毛病又来了——”

“就你话多，认真有什么不好！”

我的声音在宽广的公园中回荡。

我们面朝大海快步奔跑着，听凭海风在耳边呼呼作响。

寒冬即将在不知不觉中到来。

第六章

In their cases

冬——翔太 十二月

伴随着除夕夜钟声的鸣响，屋外孩子们的吵闹声此起彼伏。我停下手中的自动铅笔，看了看时钟。

十二月三十一日，晚上十一点三十分。

从初夏开始的备考复习在不知不觉中已经迎来第三个季节，一年很快就要结束了。

我拿起摊在书桌上的问题集，随手翻了起来。一页，两页，三页……至少做到这里吧。

翻回刚才的页面后，我再次握起自动铅笔。

“还要继续吗？”

身后突然传来声音。

“别那么吃惊呀，小翔，你把妈妈都吓着了。”

回头一看，拉门被拉开了一人宽的距离，母亲正站在门外盯着我看。

“妈，你在那里站多久了？”

“嗯——差不多十分钟？”

“别光站着不出声啊。”

“这个嘛——还不是因为小翔你太认真，所以不忍心打搅呀。”

母亲轻手轻脚地走进房间，好像潜行的忍者似的。

“最近小翔学习好专注呢，和以前动不动就睡着那会儿完全不同。”

"开年以后马上就是大学入学考试[1]了，不管愿意与否都得专注起来啦。"

尽管不想承认，不过自从停止兼职后，不用再考虑杂七杂八的事情，我的注意力确实集中了不少。

"你还要继续复习吗？"

"嗯，我想复习完这些再停下来。"

"那得到凌晨十二点以后了吧？"

"恐怕是的。"

"行呀，复习完以后能陪陪妈妈吗？"

"可以呀。"

我估计她是要我帮忙做什么事，所以想也没想就点头应道。

"嘻嘻嘻，这可是你说的哦。"

母亲呵呵直笑，一副计谋得逞的得意表情。

×

"啊，有苹果糖哦，小翔。我买一个给你吃吧——"

母亲突然两眼放光，挤出熙熙攘攘的参拜人群。

"喂，妈，吃的东西已经够了！"

我挺着鼓胀的肚子，在她身后拼命地追着。

"嘿嘿嘿，好像很好吃的样子。"

① 注：日本每年1月13日之后的第一个周末进行入学考试。

可等我追到母亲，她已经笑嘻嘻地站在摊位前，一手拿着一个苹果糖。

“你居然买了两个……”

“来来来，那张椅子没人坐了，我们坐下吃吧。呜哇，屁股好冷！”

母亲瞧中一张空着的椅子，上前坐下。

“哦哦，好好吃，苹果糖果然是食摊上的王者！来，剩下的都给小翔。”

她将只咬了一口的苹果糖递给我。

“要是吃不完，你就别买啊。”

胃里边现在储存着各种母亲只吃了一口就推给我的食物：章鱼烧、烤鱿鱼、炒面、好味烧、蛋糕，不一而足。明明来之前已经吃过晚饭了，现在这么胡吃海喝的，感觉胃部负担越来越重。

“有什么关系嘛，我就是想每样都吃一点儿！”

母亲吐着白气，笑容满面地说道，同时还满不在乎地喝着罐装啤酒。穿着大衣、围着围巾、戴着手套，帽子连耳朵都遮住了，可手里还拿着冰啤酒——这模样与其说是成熟，倒不如说有着根本性的错误。

“别喝太多哦。”

“我知道啦，就今天而已。”

自从十月那次蒙头大睡后，母亲的酒量骤减。对她自己来说这当然是件好事。

“啊——好喝！果然大冷天就得喝冰镇啤酒！”

然而相对的，也就很难看到母亲这样把酒言欢了，未免有些寂寥。

“嗯，怎么了，小翔？妈妈脸上有什么东西吗？”

“不……没什么。”

我啃了一口苹果糖含糊其辞，酸味和甜味在口中混杂。

“怎么样，很好吃吧，小翔？”

“嗯……”

虽然没听过“食摊上的王者”之类的说法，不过小时候我确实非常喜欢吃苹果糖。

“哎呀——说起来很久没和小翔在新年一起来参拜了呢。到底有多久了？”

母亲看着手持棉花糖从长椅前跑过的小朋友，感慨地说道。

“记不太清了，初中？还是小学来着？”

真没想到两小时前母亲提出的要求居然是陪她来参加新年参拜。这一年来，我已经屡屡拒绝了母亲的邀请，难得今天过年，神社又离家不远，所以勉为其难地答应了。

“啊，小翔你快看，好多巫女哦！呀——好可爱，要是我再年轻两岁——”

真没想到母亲会如此情绪高涨。

参拜完正殿后，她一会儿要买护身符，一会儿要抽签，一会儿又在食品摊位间穿来穿去，开心得像个孩子似的。不过既然母亲如此愉快，也就不枉我专门陪她过来。

“嗯，怎么了，小翔？干吗一直盯着妈妈看？妈妈这么漂亮吗？”

“怎么可能……好，我吃饱了，承蒙款待。”

我吃掉了两根苹果糖，双手合掌说道。

“哦，你还真吃完了呢，厉害厉害。那接下来我们吃什么？”

“还吃啊？我可真吃不下了。”

我将两根一次性竹筷扔进长椅旁边的垃圾箱。

“真的吗？真的不吃了吗？那要不……再去抽个签？”

“别抽了，哪有一天抽那么多次签的道理。”

“嗯——那该怎么办呢？该做的基本都已经做了——”

“差不多了吧？”

“是呢。好，虽然还有点早，不过我们先去占位子吧。”

“占位子？占什么位子？”

我还以为她会说“回家吧”，正要站起身来。

“观景台呀。那边到时候人会很多，不早点去占位子，就看不到年初一的日出喽。”

“呃，妈你打算看日出？”

“嗯，我要看。难得的新年参拜，换谁都会看的吧？”

母亲理所当然似的说道。

我站起身，说：

“怎么可能在这儿待到明天早上啊……”

“咦？为什么啊？和妈一起看日出，然后祈祷考出好成绩嘛——”

“饶了我吧，明天还要复习啊，熬夜我可撑不住。”

其实现在我都有点犯困了。

“别呀——年初一的日出可是最灵验的。”

“已经足够了，我们拜了正殿，还请了护身符，所以今天就到此为止吧。”

说着，我先行踏出一步。

“呜呜呜……”

然而母亲没有反应。

“妈？”

“……我不要。”

“别耍性子啦。”

一般应该是母亲对孩子这么说才对吧。

“明年年初一再来看日出好了。来，我们回家。”

“唔——”

但母亲就是不肯挪动步子。她依旧站在长椅前，“嘎吱嘎吱”地咬着啤酒罐的罐口。

“好吧，那小翔你先回去，我留下来等着看日出。”

她的话越来越孩子气了。

“那怎么行呢?!肯定不可以的呀。”

“有什么不可以的？你妈我只要摄取了酒精，就基本没有办不到的事儿。”

“我不是这个意思。”

“行了，剩下的事就交给无敌的妈妈吧，小翔你先回家。”

“别闹了好吗？你为什么那么执着于祈愿啊？反正……”

反正你又不信神佛。考虑到自己现在正身处神社之中，我把后半句话给咽了回去。尽管如此，因为又倦又乏而产生的不耐烦情绪依旧流露在言语之间。

“因为……”

母亲突然陷入沉默。

她低下头，紧盯着啤酒罐口看。

“妈妈能为你做的，也就只有这些了。”

母亲小声呢喃道。

“呵……”

她自我解嘲地笑了笑，继续啜饮啤酒。

“你在说什么啊，妈？”

“你想一下是不是？我不是在开玩笑哦。小翔最近学习超级认真，妈妈很佩服。看到儿子这么努力，当妈的肯定想为你做点什么。可是妈妈真的帮不上什么忙呢。”

“妈，你别这么说……”

哪有这回事啊？母亲这是怎么了，干吗突然说起这种话来？

“家里没钱供你去补习学校，妈脑子也没有好到能教你功课的地步，甚至都没办法听你抱怨几句生活中的烦恼，家务事也都推给你做……”

“快别说了，妈。”

母亲屈指数着自己的不是，等到数到小指的时候——

“我完全没个当妈的样子，所以只能求神拜佛了。”

母亲寂寥地笑了。

默默弯起小指的她，此刻心中正泛起怎样的波澜呢？

“妈……”

没有那回事，你说的全都不对，我的妈妈……

我说不出话来，心情愈发凝重。

“所以呢，小翔，就当是让妈妈自我安慰一下。别管我了，你先回去吧。新年快乐——”

母亲强颜欢笑地说道，对着我伸出手来。

……又是这样。

我又让母亲……就因为我什么都不肯说……

“今天很冷，要睡个暖和觉哦。”

……母亲才会露出这么失落的笑容。

“不行。”

我低着头说道。

“什么叫不行啊？不暖和些可是会感冒的哦，回家以后赶紧把暖气打开，然后好好睡觉。”

“我做不到。”

“小翔？”

不行，这样绝对不行。我不能把母亲丢下一个人回家，否则我会变得更加沉默寡言，就好像以前那样。

“妈，没有那回事。”

“嗯？”

求你别再说自己无法为我做什么，明明你已经给了我这么多。

“……你怎么了，小翔？”

满腔的情绪几欲喷涌而出。

“……”

但依旧未能成言，便沉入了心房的深处。

“我……不这么觉得。”

“咦？”

“我没觉得自己得到的东西不够。”

我竭尽全力试图将话语重新打捞。

“我从来没觉得自己得到的东西不够。”

“……小翔？”

就算没钱，就算没办法去补习学校，就算你不能教我功课，就算从来都是我在听你抱怨……就算父亲已经不在身边。

“因为妈一直陪着我。”

因为有母亲在，所以一切我都不在乎。

因为我知道，她在竭尽所能地补偿我的各种遗憾。

我拼命地打捞话语，即便话语纷纷从指缝间滑落，我还是兀自捞个不停。

“不过呢，高村同学，听我一句话——我觉得你关心母亲的方式有点不太对。”

店长说过的话在我脑中回响。没错，我想明白了，我最应该为母亲做的并不是赚钱……

“妈，我一直很幸福哦。”

而是告诉她我的真实想法。

“小翔……”

母亲有些惊讶地睁大双眼，茶色的瞳孔微微颤动。

“怎、怎么了嘛，干吗突然说这种话？真是的，别这样啦，妈妈都不好意思了。哎呀呀，好热好热，啊哈哈哈。”

母亲满脸通红，“啪嗒啪嗒”地用手扇着风。我看着她，继续说道：

“所以妈你也别再纠结了。”

“呃，纠结？纠结什么？”

听到这个词，母亲产生了明显的动摇。

“别太纠结……幸不幸福。”

“什、什、什么跟什么呀？小、小翔，你到底在说什么？”

母亲目光游移，说话也变得结结巴巴。她开始更加用力地咬起啤酒罐口来。

看来我说中了……

“让我见见宫田先生吧。”

“咦——”

母亲握着啤酒罐的手太过用力，以至于里边的液体如同喷泉般喷涌而出。

“喂，妈，你在干什么啊？”

“还、还不是因为小翔你净说些奇怪的话！呃，话说回来你为啥想见那个秃子？想打他？那我也要帮忙。”

“当然不是，怎么可能嘛。”

我挥开空气中弥漫着的啤酒沫，回答道。

“那是为什么？”

“不用我说你也应该知道的吧。”

“知道……咦？咦咦咦？咦咦咦……”

啤酒罐里溢出的泡沫将母亲的袖口都濡湿了。

“你是怎么知道的啊，真是的！”

她用沾满啤酒的手用力地挠脸。

“我当然知道啦。”

因为母亲是个心里藏不住事的人嘛，这一点比我更甚。

“好奇怪呀，太奇怪了，你到底是怎么知道的？在家里我明明一直都在说他的坏话啊?!”

“对啊，所以我才知道了嘛。”

“什么？”

“妈，我可是你的儿子啊。”

打从我出生起，就一直陪着你呢。

……就像那时候对父亲的态度一样。

离婚之前，母亲总是一个人在家里喝酒，不停地埋怨父亲。但只要父亲回家，她又总是一脸幸福地笑个不停，直到父亲再次离家为止。

这并非源于厌恶。母亲只有在见不到想见之人的时候，才会一边喝酒一边哭泣。

“所以啊，妈……”

“不，不行，不行不行，绝对不行。”

“妈。”

“说不行就不行，绝对不行！在小翔上大学之前我绝不答应，明白了吗？”

母亲用力地摇头，带得啤酒沫四下飞溅。

“你不用太顾虑我啊。”

“不要，但是——不要，但是——”

“感谢你一直以来的照顾，妈。”

“……”

我最想说的话竟然轻易地说出口了。母亲听罢，手中捏得已经看不出原型的啤酒罐“咣当”一声落在石板路上。

“小翔……”

她完全没意识到啤酒罐掉地上了。

“呜哇——”

母亲号啕大哭起来。

“呃，你哭什么呀？”

“我要哭！我当然要哭！因为小翔你……小翔你……呜呜呜……”

“嗳，妈，声音太大了！”

母亲的哭声在人满为患的神社内回响。

一个成年人如此放声痛哭，任谁都会觉得不对劲。不知从什么时候开始，我俩身边已经满是围观的群众。

“妈，你小声点，大家都在看着呢！”

“不行，我就要哭，哇——”

“妈！”

夜幕下的神社里，一位母亲正在哭泣，而她的儿子则在一旁不知所措。不知从旁人看来，高村家的新年是一幕怎样的场景呢？

“哇啊——各位，请别担心，我不是因为伤心才哭的，是喜极而泣哦。我现在可比你们幸福多了，所以请别担心。”

不管我怎么安慰，母亲都无法止住眼泪。

最后，我和母亲就伴着满身的啤酒和眼泪，坐在神社的长椅上迎来了新年日出。

海帆　一月

寒假和暑假截然不同，快得让人恐惧。

在我复习完第五遍单词本之前，新年悄然而至。就在我还在和历年真题埋头苦战的时候，开学典礼即将到来。短暂的寒假一结束，等待着我的便是选拔大学入学者的大学入学考试。

对于打算报考私立大学的人来说，这个考试只能算是热身，但对于报考国立和公立大学的人来说，这是举足轻重的第一道门槛。

而昨天，这场考试结束了。

“四十一点五摄氏度呀……”

母亲瞥了一眼我唯唯诺诺地递出的体温计，如此说道。

“烧得很厉害呢。”

“是啊……”

“比早上还严重了呢。”

“是啊……咳咳。”

“……”

刚才的咳嗽确实太做作了点，母亲的视线让我如芒在背。我将棉被拉到眼睛以下，试图遮掩红润健康的脸色。母亲X光一般的目光将我从额头到指尖扫视了一遍后——

“明天要去学校哦。”

她留下这么一句，便走出了房间。

……完全被她看穿了呢。

我下了床，戴上眼镜，接着取过迷你桌上的汤碗吹了三下，这才抿了抿热腾腾的姜汤。辛辣的刺激感过后，蜂蜜的甘甜在舌尖散开。好香。

千寻曾拍胸脯打包票说利用咖啡的热气能够使体温计上升一个刻度……可我真不习惯这么做。都已经躺了一天，结果还测出个前所未有的最高体温。

我将汤碗放回桌上，打开窗户远眺海面。姬座的海在不同季节的景致也大相径庭，而此刻，父亲掌舵的班轮正逆着海潮，乘风破浪往二之岛而去。

突然，风儿拂起窗帘，回头看去，发现千帆正将门拉开一小道缝，窥视着房间内的动静。

“……姐姐，你已经能起床了吗？”

她担心地问道。

……对哦，这丫头担心坏了吧。

“嗯，已经没事了。”

也该振作起来了。我如此想到，有些刻意地笑着回答。

“真的？太好了！”

千帆笑靥如花。

“哈——姐姐说她已经没事了！”

她一边跑下楼梯一边大喊。

“喂，你在跟谁说话呢，千帆？”

我还来不及逃回床上，门外就响起了仿佛等待已久的脚步声，“噔噔噔”地沿着楼梯传上来。

“你果然是在装病啊，海帆！”

千寻和万结冲进了房间。

×

“啊哈哈哈哈哈哈，四十一摄氏度?!你说你啊！”

震耳欲聋的哄笑声响彻整个房间。

“海帆你真是蠢透了，只要把体温计放蒸汽里边烘一下就可以了啊，谁让你烘那么久的，真是笑死人了哈哈哈！”

千寻没规矩地将双腿跷在书桌上，一边拍手一边笑得不可开交。

“真是的，就你话多。快把脚放下来。”

我盘腿坐在床上，狠狠地瞪了千寻一眼。

“不过还好海帆不是真的生病了，我好担心呢。”

说着，万结将千寻的腿搬下书桌。

“嗯……抱歉，万结。”

“喂，你怎么只对万结道歉啊，我也很担心你哦，都这个时候了居然还请假——”

“唔。”

听千寻这么一说，我忍不住咬了咬嘴唇。

——都这个时候了。

每年大学入学考试的第二天，大崎三岛高中的各科老师都会在课堂上针对考试内容进行讲解。当然，大学入学考试的答案当天就会公布，所以多数学生在上课之前就已经给自己打出分数了……

“你自己估出的分数那么糟吗？”

“呜唔。”

千寻直截了当的质问几乎贯穿我的胸膛。

“猜中了？多少分？”

“千寻，别这样。”

千寻向来不懂察言观色，所以都是直来直去的。

“不想回答的话，也可以不用回答哦，海帆。”

万结嘴上在劝阻千寻，可好奇心却已经全写脸上了。

“呜呜呜。”

我来回看了看她俩的脸。

“不知道。”

我摩擦着膝盖，支支吾吾地说道。

“喂，‘认真四眼’。”

“真的哦，我真的不知道。”

“你再装傻，我就把你的内裤全都从窗户扔出去。”

千寻指着我的衣橱倒数第二个抽屉威胁道，她怎么知道那是我放内衣的地方?

“饶了我吧，我真不知道呀。”

“是吗，那真是太遗憾了，姐妹……胸罩我也扔掉哦。”

千寻猛地站起身来。

“都说让你住手了，千寻。我真的没有自己估分啊。”

“胡扯，哪有考生不估分的道理。”

“有啊，你眼前这个就没估。”

“到底是为什么呢？为什么不估？”

“因、因为……”

被千寻这么一问，我舌头连打三次结。

“……因为不敢估。”

我盯着地毯说道。

“……啥？”

两个好朋友无言地对视，用眼神交流着想法。

“我问你啊，海帆，你真的没估分吗？”

万结作为代表开口问道。

“嗯，还没估。”

“感觉真的那么差？”

“不，我并不觉得考得很差，倒不如说感觉考得还不错。”

“……那为什么不估分呢？”

万结脸上的疑云愈发浓厚。被她这么一追问，我盯着万结微微下耷的眉毛回答道：

“……因为不敢嘛。”

我重复了刚才说过的话语。

“你傻呀——？”

千寻直截了当地插了一句。

“谁、谁傻了！千寻，从刚刚开始你说的话就好难听。”

“因为我搞不懂你到底是怎么了啊——不是说考得还不错吗？那就估分呀。”

“都说了我办不到啊。”

“好嘞，让内衣派对开始吧！”

千寻将手搭上抽屉。

“等一下，千寻！你不明白，这是我想出来的学习方法！”

“……学习方法？和不估分有什么关系？”

“有关系的。”

我跳下床，挡在衣橱前。

“听我说，千寻。本来大学入学考试就没有说非估分不可，而估分的意义无非就是评估一下自己的复习成果。这你能明白吗？”

“……嗯。”

千寻点点头，摆出一副“姑且听你说说”的表情。

“不管大学入学考试考了多少分，我都不打算更改志愿。既然如此，就完全没有估分的必要了呀。难得考完感觉不错，就给自己留个好心情呗。”

“啊，你说到点子上了。我就是搞不懂为什么你考完感觉不错却又不肯估分。”

千寻一边挠头，一边说道。

“万一只是自我感觉良好呢？如果我的‘感觉’和实际情况差了十万八千里怎么办？如果我答题卡填错了怎么办？”

“呃……”

“还有啊，就算我给自己估了分，又有什么好处？最好的情况也不过是维持现状而已，最坏的情况，可能会破坏现在的好心情哦。我说错了吗？”

“呃……嗯。”

“所以我决定了，决不自己估分。我不想去纠结过去的分数，而想以愉快的心情迎接接下来的考试。万结，你觉得我这个想法如何？”

“如何……”

万结露出了我从未见过的表情。

“万结，这四眼废物没救了，她是过度害怕，所以给自己的胆怯找了个听起来比较正面的理由而已。我来帮你估分得了，把考卷给我。”

千寻歪了歪脖子，伸手拉开我的书桌抽屉。

“啊，别开那个抽屉！”

“呜哇，这什么垃圾啊，好脏——”

慢了一步。千寻已经一边嚷嚷着一边将那东西拿了起来。

“才不是垃圾，快还给我。”

那个已经又旧又脏的东西，就是我的护身符。

“怎么着，你终于也开始信这玩意儿了？”

“要你管。”

我从千寻的魔爪中夺回护身符。

正是因为护身符的保佑，我才得以在大学入学考试中发挥得不错。每考完一科，我都会一边抚摸护身符一边对自己说:你是有天赋的。这是种很棒的解压方式，完美化解了大学入学考试给我带来的种种压力。这护身符，是我唯一的伙伴。

“哦哟哦哟，你的行为越来越恶心了呢。行啊，那就一边摸护身符一边估分吧。你的卷子在哪里？这里？还是那里？”

“千寻，别随便开我的抽屉！”

“啊，我知道了，还放在书包里对吧？”

“讨厌，不准碰！”

“果然在那里！”

我想跑过去护住书包，结果让千寻更为确信自己判断无误，她飞扑过来抱住我的腰，将我压倒在地。

“趁现在，万结！”

“原谅我，海帆！”

万结一边道歉一边冲到书桌边，伸手去取放在桌边的书包。

“不要——”

我一把抓住万结的脚踝，将她扯倒在地。

“啊——！”

“啊，看看你都做了什么！”

“对、对不起，万结，你没事吧？”

“好痛……我不会原谅你的，海帆！”

“呜哇，万结生气了！”

“对不起，万结！不要——！”

伴随着此起彼伏的大呼小叫，我们三个好姐们开始了你死我活的争抢大赛。

“你们在干什么啊?!”

直到母亲送茶进来，对我们大声喝止，这场争夺赛才算是落下帷幕。

离第二轮考试还有一个月。

初秋以来的悠闲节奏如今完全被碾碎。

……顺便说一句，估分的结果比我想象中还高了那么一点点。

翔太　一月

天空乌云密布。

我在路边慢吞吞地骑着自行车，大型卡车聒噪地鸣响喇叭从我身边驶过。卡车带出的强风让我缩起脖子，仔细一瞧，细小的雨滴正伴着风悄然落下。天气预报说今晚有雪，看来坏天气提前来临了。

无可奈何之下，我加快速度蹬起脚踏板来——尽管这种天气骑快车会很冷。

“您找店长？非常抱歉，他今天休息。”

说这话的店员脸色苍白，不过语气倒是轻松干脆。

“啊……这样哦。”

我本以为这个时间段他应该在店里的，结果还是估计错误了。

“要不要我帮您带个话儿？”

店员麻利地从笔座上拔起笔来。

“啊，不用麻烦了，我回头再来。”

“好的。”

“谢、谢谢。”

说完我就离开了柜台。打出生以来，我可能还是第一次说“不用麻烦了”这句话。

……那个人就是顶替我的店员吧。

我“躲”进便当区，装作在眺望柜台后边摆着的DVD，暗地窥视那个店员。年纪比我大个三四岁吧，如果是紧接着接替我的话，他在这家店的工作时间应该不超过三个月……

“欢迎光临。您好。二十四号香烟？四百五十日元。需要印花吗？谢谢惠顾。下一位客人请上前来。要帮您分开装吗？好的，请稍等。”

这人挺能干的嘛。

干练机灵的接客声在店内回响。看来他已经把香烟的牌子、编号和价格都铭记于心了，熟练得完全不像一个临时工。只是他的外形……

接近金色的茶色头发，耳朵上戴了好些个耳环，虽然被手表挡住了，但依稀可以看见手腕处的文身。

不愧是店长。我如此想道，微微咧起嘴角。他从不以貌取人，而是能直接看透人的内在。

店外大雨如注。

越来越多的雨滴打在自动门上，门边展示橱窗上贴着的招聘海报也被沁湿了。

5:00~11:00 时薪950日元 不招高中生

11:00~17:00 时薪900日元 不招高中生

17:00~22:00 时薪900日元 不招高中生

海报的文字内容和我三年前初次来店时看到的如出一辙。

雨越来越大。

回家吧。

不用托人家带话了，等到直接见面时再说吧。

我有话想对店长说。

那位雇用了我这个高中生的店长。

那位笑容可掬、从不撒谎的店长。

那位及时炒了我鱿鱼的店长。

“谢谢惠顾。”

伴随着店员爽朗的声音，我走出自动门。

然后停下脚步回头看了看。

“……一直以来承蒙照顾。”

尽管谈不上预先练习，我还是对着店内鞠了一躬。

X

我骑着自行车没走多远，大雨就变成了雪。

将自行车推进公寓的停车场后，我打着寒战爬上已经积雪的楼梯。

“……啊，你回来了。”

家门口有个同样冻得直打哆嗦的身影。

她已经在这里等了多久？从她冻得紫中带黑的嘴唇来看，应该不止一二十分钟了。

“你在这儿干什么啊？”

我急忙跑到她身边。

“大学入学考试辛苦了，高村学长。”

明依满脸通红地说道。

“啊——好好喝哦，谢谢高村学长，我觉得自己总算是活过来了。”

明依将热姜汤一口喝完，笑嘻嘻地说道。

“你真的没事吗？别硬撑了，到家里暖和一下吧。”

“不用了。”

几分钟内这样的对话已经重复了十几遍，但明依仍旧顽固地摇头谢绝。

“我不请自来，可不能再厚着脸皮硬往人家家里钻。”

“对于大冬天里在室外等了一个多小时的学妹，我总得请人家进屋里暖和暖和再回去吧？行了，快进来，不然真的会感冒哦。”

“真不用了，我这就回去了。我过来只是想把这个交给学长。”

明依拉住我开门的手，将一个小小的护身符和汤碗一起递了过来。

“这是……”

护身符上绣着四个漂亮的金色大字：“考试成功。”

“我外公家在关西，那边有个神社，所以我就拜托外公，请了个最灵验的护身符。有了这个，学长肯定能考出好成绩。”

“是吗？真是太谢谢了。亏得你这么有心，我很感动。”

“嘻嘻嘻，那么第二轮考试也要加油哦。”

明依笑嘻嘻地对我竖起大拇指。

“那当然。明依你也要加油哦。棒球队就靠你了，恶魔经理。”

我也抬手握拳，碰了碰明依的拳头。

“啊……”

“呃？”

我本以为明依会很有气势地回话，她却只是猛地一抖，将拳头收了回去。

“明依？”

“……”

而且她的脸不知什么时候变得通红。难道又惹她生气了？我忐忑地看着明依的脸。

“太、太近了。”

明依突然跑了起来，她连扶手也不扶，“噔噔噔”地跑下已经积雪的铁楼梯。

“喂，别跑啊，很危险的！”

“啊！”

果不其然，明依在下最后一级楼梯的时候脚滑了，不过还好她凭借超人般的反射神经抓住了扶手。

“嘿哟！”

她以扶手为支点，下半身发力，在空中转了一圈后稳稳落地。

“呼——吓我一大跳，好险啊！”

……其实很早之前我就在想，恐怕这丫头更适合当运动员，而不是社团经理。

“你还好吧，明依？脚或者其他地方疼不？”

“呜哇！没事，我没事，所以别过来！”

我刚准备下楼梯，明依就大声喝止道。

“……明依？”

“我没事，请保持现在的距离听我说。有件事我必须向学长道歉。”

“道歉？”

明依用脚“咯吱咯吱”地踩散楼梯上的积雪。

“嗯，我之前对学长说了很任性的话，还说学长开始打棒球的原因很小家子气。但其实，我并不是因为喜欢棒球才当上社团经理的。”

“……呃？”

明依抚摸着我刚刚触碰过的拳头，继续说道：

“我的动机，其实是出于个人的私心……私心……”

她停顿了一会儿，兀自呼出白气。洁白的雪花纷纷飘落，似乎要冷却明依红得发烫的脸颊。

“但现在不一样了，我现在超喜欢棒球的。所以学长你瞧好吧，我会带着现在的高二学生以及新加入的高一学生一起，冲进甲子园！我要让没用的学长知道，就算不是传统强校，只要努力就没有办不到的事！”

说罢，明依高高举手比了个V字，仿佛在对抗不住地飘落的片片雪花。

“你说我没用……”

“啊哈！”

明依又笑了。

她笑靥如花，如同在预告春天即将到来。

“……那就拜托你喽，恶魔经理。”

我突然好想多打几天棒球，和眼前的女孩一起。

“那么再见了。”

明依拨落头发上的雪花，若无其事地在大雪中跑了起来。经过公园前时她停下脚步，双手比出喇叭，深深地吸了一口气。

“我以前最喜欢翔太学长了——！”

明依大声喊道，仿佛在社团活动时喊口号似的。

海帆　二月第一周

撕去一月份的月历后，二月份的月历理所当然地出现在下方。

……一直说来了来了，如今总算真的来了。

我一边将撕下的月历揉成团一边想。

想说姑且确认一下，于是将二月份的页面揭起，结果三月份毫不意外地出现，再翻一页，出现在我眼前的则是房间的墙纸。

二月一日。

Z补习班最后的答卷也送到了。因为一直纠结着历年考题的对策，在超过了期限后我才将这份考卷寄过去，对方或许考虑到我这边时间紧急，很快就将答卷批改完然后给我寄了回来。而且快的还不仅仅是回信的效率——

“这是啥……”

我一度怀疑自己看错了。我揉了揉眼睛，擦了擦眼镜上的雾气，甚至用手指抹了抹纸张上的“污渍”后，我终于确认考卷上的数字确凿无误。

“真的假的?!”

最后的最后，我再次擦了擦已经有些模糊的得分栏。数字依旧没变。

次日——

“什么，满分？”

千寻的大喊整个图书馆都听得清清楚楚，正对着书桌苦读的学生们齐刷刷地将目光投了过来。

“嘘——你声音太大了，千寻。”

“我这不是吃惊嘛，你好厉害呀，模拟测验居然拿满分。我连平时的小测验都没拿过满分呢。”

“就说你声音太大了。还有，那不是模拟测验。”

我将食指比在唇上，慌慌张张地环视四周。

大崎三岛高中的高三课程到十二月就终止了，从一月开始，只有特殊的日子才需要来学校。不过教室和图书室依旧开放，因此即便是年后依然能够在校园内看见高三学生的身影。而考生这种生物，不论什么时候都对分数非常敏感。

“不是模拟测验的话那是什么？”

“我不是说了那是Z补习班的考卷了吗？只是碰巧运气好，其中的一科拿了满分。”

“海帆，虽然我不是很了解，不过你做的考卷会简单到只要运气好就能拿满分吗？”

万结一直到刚才都还在昏昏欲睡地看漫画，此刻她突然来了劲儿，好奇地凑了过来。

“不，那也不至于。只是任何人都有机会考满分啦，呃，好像也没那么简单……”

“那就是很厉害啊。大学入学考试以后，海帆你的状态很好嘛。”

“那么，请吧。”

千寻将自动铅笔伸到我嘴边。

“干吗……”

“既然确定能考上了，就请讲讲现在的感受呗。”

“别这样好不好——”

我忍不住提高了分贝，远处立刻传来咳嗽声，似乎在指责我打扰了其他人学习。

“……不好意思。”

我瞪了千寻一眼，重新坐下。紧接着——

“喂，仓桥。”

班主任山内老师推开图书室的门，对我招了招手。

“抱歉呢，耽误你学习了。”

“没事……”

我还以为因为自己在图书室里吵闹会挨训，然而战战兢兢地来到走廊上后，老师却笑着对我说：

“是这样的，我想拜托仓桥给应考小报《学长之声》写篇文章，能抽出时间写吗？”

“咦，我吗？”

应考小报是面向全校师生的校内报纸，主要刊登各种和应考有关的文章。除了常规的大学信息、学习资料外，每年到了这个时候还会登载一些成功考生的心得体会以及对学弟学妹的各种建议。

“可是我还没考上任何一所大学呀。”

“我知道，所以这只是约稿。不过说是这么说，那基本已经是板上钉钉的事了吧。仓桥你状态很好，对吧？”

老师拍了拍我的肩膀，似乎在叫我别太谦虚。

“哪有，我只是——”

“状态好到不行——”

“海帆考试拿了满分哦。”

千寻和万结不知道从哪里冒了出来，代我回答了老师的问题。

“喂，我说你们俩！”

“哦，这样啊，不错嘛，仓桥。我们学校很少有学生能考上东京的大学哦。到时那期的小报要增加篇幅了，你就尽管多写点。”

“请等一下，这也太——”

“好厉害呀，海帆。”

“写吧写吧，海帆。要不干脆用英语写？可以的吧，老师？”

“哦，当然可以。那就拜托你喽，仓桥，写什么都行，反正你肯定可以考上——”

“请别这么说！”

我猛地提高音量，仿佛要将老师的最后一句话盖住似的。

——“咳咳，咳咳，咳咳，咳咳，咳咳，咳咳。”

图书室里传来咳嗽声组成的大合唱。

×

“唉……”

我垂头丧气地瘫靠在班轮的座椅上。

透过斑驳的窗棂眺望海面，可以看到二月汹涌的海浪正黑压压地翻卷涌动。

“……好可怕。”

我忍不住自言自语道。

顺利得有点可怕。

自从跨过了大学入学考试这道坎儿，我的备考就顺利得有些吓人。文言文读得通畅，世界史的各种年号也记得清清楚楚。即便是最不擅长的数学，现在也不算是弱项了，而英语……更是拿了满分。

真的是板上钉钉，绝对可以考上。

……也正因为如此，我绝对不可以失败。

我长叹了一口气，一口接一口地叹气。从座位上探出头看看四周，结果和坐在最后边的荒卷叔叔对上了视线。

全校学生都知道我要报考东京的大学，拜这些小喇叭所赐，他们的家长也都知道了。于是消息在岛上不胫而走，无人不晓。要是万一我没考上，那可就真没脸见人了。

荒卷叔叔对着我笑了笑，我也只好回了个僵硬的笑容，缩起脖子。

学校的朋友和岛上的居民都是很好的人，所以我也清楚，就算没考上也不会有人说什么闲话……但尽管如此，备考越顺利，我心中积蓄的压力就越发水涨船高。

当一切都太过顺利的时候，前方必然有陷阱在等待着你。我的人生一向如此。

我回忆起小学时第一次参加竖笛考试的情景。

考试的形式是每个学生轮流到教室前面进行吹奏表演，而打头阵的，是平时练习吹得最出色的学生。我非常希望被选上，于是在上课的时候练得非常刻苦;而被选中后，更是连在家时也不惜牺牲睡眠时间练个没完。

考试当天，我选了首闭着眼睛都能吹的熟练曲子，意气风发地来到教室前方，结果却被讲台绊了一下，摔了个狗啃泥不说，竖笛也碎了一地。这之后的事情我就记不太清了，尽管没有摔着哪里，我还是号啕大哭起来，最后被带去了保健室。很长一段时间内，我都无法忘记当时男生们发出的哄笑声。

"……好可怕啊。"

我将手伸进校服的口袋。

又破又旧的护身符一如既往地对我说:"你翻译得很美。"没问题的，别想太多，一切都会顺利的。

尽管如此……

船体开始摇晃，汹涌的波涛仿佛要将我吞没似的。

"你怎么无精打采的啊，天才少女？"

“呜哇！”

突然间，并列的两排座椅开始摇晃起来。

“爸。”

转头一看，身着船员服的父亲正跷着短腿坐在旁边的座位上。

“你在干什么啊，爸？不用掌舵了？”

“今天上午轮到老米掌舵，我在舱内招呼乘客。”

“那你就更不应该坐着不动呀！”

“别那么较真嘛，船在航行途中又没什么需要做的事。来，吃一个吧。”

说着，父亲从上衣口袋里拿出两个裹着塑料袋的日式点心。

“这是会计给的东京手信，说是海帆复习辛苦了，要慰劳慰劳你。”

“啊……谢谢。”

我诚惶诚恐地接过点心，如同在触碰锋利的刀具一般。

“你看起来很心神不宁啊——马上就要考试了，怎么还畏畏缩缩的，真丢人。”

父亲挠了挠头说道。

“我肯定害怕呀……”

我一边将点心的包装袋捏得嘎吱作响，一边回答。

“怎么着，连逞强都不会了？”

父亲已经大快朵颐起来，我则再次将视线投向窗外。

“我说爸……”

我用只有父亲能听见的音量说道。

“什么？”

“当你再次乘船的时候，不害怕吗？”

咀嚼点心的声音戛然而止。

“当然害怕。”

但父亲马上再度咀嚼起来。

“这样啊……”

五年前，一直畅游四海的父亲身体出了问题，从此无法再出海打鱼。当时父亲他们的船正位于鄂霍次克海域，同船的一名船员失足掉进海里，父亲想也没想就跳船救人，而这行为就无异于自杀。尽管马上被其他同伴捞了上来，可是两人依旧惨遭冻伤，在鬼门关前走了个来回。虽然最后都保住了性命，但父亲的内脏机能还是遭到了严重破坏，而另一个人从此产生了严重的心理阴影，再也不敢坐船。

“既然害怕，为什么爸你还要到船上讨生活呢？”

我盯着海面出声询问。

“因为还有更可怕的东西。”

父亲不假思索地答道，这答案和我想象中的有些不一样。

“更可怕的东西？”

“是啊。”

父亲一边啃着点心一边点头。

“那时候……嗯，其实现在也一样啦，海帆和千帆都还是巴掌大的小毛头，我怎么可能让由纪子出去挣钱养家？我是为了养活你们，才不得已重新回到船上的。比起家人，船算个什么东西。”

“这样啊。”

“你不吃点心吗？”

父亲对着我手中的点心打了个响指。

“嗳，爸……”

我依旧看着大海说道。

“怎么了？”

“要是我没考上，该怎么办呢？”

“没考上？”

“……嗯。”

我努力装出若无其事的样子，但是感觉自己的声音还是有些发抖。当我终于问出这句话的时候，满心的不安便化作眼泪，几乎要夺眶而出。

我拼命地咬住嘴唇，等待着父亲的回答。

“这个嘛，我应该会捧腹大笑吧。”

“呃，别笑我嘛。”

而父亲接下来的回答再度让我略感诧异。

“哈哈，当然得笑你，遇上这种事肯定要哈哈大笑啊。”

“好过分，明明不是什么好笑的事。”

“就是好笑的事啊。”

“咦？”

“我刚才不是说了吗？我最怕的就是失去家人，除此之外，一切事情在我看来都值得开怀大笑。”

说完，父亲真的笑出声来，笑得肚子都在发抖。

“听我说，海帆，你就别为以后的事情担惊受怕了，先去东京好好干一番再说。不管考没考上，我都会笑着开船迎接你的。”

“嗯……”

我依旧盯着海面，点了点头。虽然父亲应该早就发现我哭了，不过我还是不想让他看见自己满脸的泪痕。

不经意间，海面平静了些，因为剑玉岩挡住了汹涌的波涛。我眺望着五岛的守护神，聆听父亲豪放的咀嚼声。

不论何时，不论何地。

“嗳……爸。”

待我总算止住泪水。

“怎么了？”

“这个塑料袋……是不能吃的哦。”

我忍俊不禁。

“啥，这不是糯米纸吗？”

“当然不是，你打算嚼多久呀？”

“啊，我说怎么一点儿都嚼不动呢。”

“好脏，别吐出来。哎呀，爸，塑料纸缺了一块哦。”

“糟糕，我把塑料吃进去了！”

客舱里响起父女的欢笑声。

就算我考试失败，就算父亲吃下了塑料，只要一家人团团圆圆，笑意就不会从我们脸上褪去。

回头一看，荒卷叔叔也正微笑地看着我俩。

翔太 二月第三周

“那我出门了哦，小翔。我傍晚六点的时候回来。”

母亲套上焦褐色的长靴，这是她在今天之内第四次向我说明回家时间。

“没事的，难得出门一趟，吃了晚饭再回家吧。”

“那可不行，我绝对按时回来！要是到了六点我还没回来的话，就给我打电话。”

母亲完全不听劝，她拿起贴满亮钻的手机（和她的年龄完全不符）对着我晃了晃，斩钉截铁地说道。

“我知道了，你快去吧。”

“一定哦，一定要打电话哦。爱你哟，小翔——”

“慢走。”

再这样下去她永远也出不了门，所以我强行将母亲推出门外。

周六的晌午过后，母亲出门与人会面去了。

她难得地喷了点上班时从来不喷的香水，还将压箱底的长靴找了出来。由此看来，她要去见谁那是不言自明了。尽管母亲顽固地坚称晚饭之前就会回来，但真正归家恐怕要到深夜时分吧。不过这样也好。

“好嘞。”

我站在起居室里自言自语，然后鼓了鼓劲，拉开木地板房间的拉门。

迎面扑来的冷气让我打了个寒战。我没开暖气，因为太暖和的话容易犯困。

我在书桌前坐下。

年前还被各种问题集和参考书堆了个满满当当的书桌此刻被收拾得整整齐齐。这之前我已经看过很多不同类型的教材，而到了临考前，最靠得住的还是一直引导着我向前的Z补习班教材。我确认了一下时钟。

学到下午五点为止。我暗自下定决心，按动自动铅笔。

在一个比较合适的阶段停下笔时，已经是傍晚六点半了。

窗外已经变得昏暗，母亲还没有回家——毫不意外。我简单吃了碗泡面当晚餐，然后重新坐回书桌前。确认手机没有母亲的未接来电后，我拉开抽屉。

我从抽屉里取出一叠照片，小心地一张一张摆在桌面上。九排两列，世界各地的名胜排列整齐，旁边还放着张白色的活页纸。

我拿起笔。

开头应该写“爸:”吗？我又确认了一下时间，现在是傍晚六点四十五分。

到七点为止。我如此决定，然后开始给父亲写信。

这还是我头一回给父亲写回信。

之前倒也并非刻意不回信，要说理由，可能是因为“回信”这个概念之前完全被我从脑海中屏蔽掉了。到底是因为我懒呢，还是因为我顾虑到母亲的感受呢？

“爸：”

才写了一个字，我便停下笔来。

愣了一会儿之后，我像个挥了空棒的击球手一样收起圆珠笔，将笔芯按进去后，在第二行的空白处比划着写了写。接着我又将笔倒了过来，以尾端抵在纸面上，按一下松一下，任凭笔芯从笔头处出出进进。

不知怎的，后边的文字就是无法在我脑中浮现。

我从没想过写信是如此难的事。

我又重读了一遍父亲的信。

他的信一向言简意赅，仅仅说明一下现在在哪里，天气热还是冷而已。我很清楚他为什么每次都要寄一张照片过来，因为想说的话都融在了照片之中，就无需诉诸文字了。

我找出他最近一次寄来的照片，紧紧地盯着岩壁上那一栋栋玩具一般的民宅，五分钟后，才将照片放回原位。

“光凭照片我搞不懂啊，爸。”

要是父亲在行文方面多几分造诣，多半也不会落得和母亲离婚的下场了吧。我如此想到。

一直到晚上七点半，我才终于写完了第二行文字。

时间大大地超出了预期，再这样下去，恐怕要等到第二天清早才能把回信寄出了。我只得强行加快速度，花了半小时才勉勉强强写下五行文字。

我倒了杯热茶一饮而尽，也懒得检查信件内容，便将活页纸折成四折。

这时我才想起，家里有信封吗？

应该有的，只是我从未见过。

结果我又花了二十分钟把家里搜了个遍，最后终于在母亲的化妆台抽屉里发现了熟悉的信封。

“……咦？”

接着我整个人都动弹不得。

这是怎么回事？为什么会在这里？

我用颤抖的手拿起信封。

玻璃纸包装里装着三个印花信封。

信封的四角上，装饰着不合时令的大红色太阳花。

第七章

In their cases

海帆

前日

我一直想去远方。

每次目送远洋航船劈波斩浪而去，我的心绪也随之飞向了大洋彼岸。

我到底能走多远？

抵达远方之后，我又能做些什么？

尽管每次幻想的目的地不尽相同，不过至少在今天，我踏出了第一步。

“穿暖和点出门哦，没遗漏东西吧？”

母亲一直送我来到渡口，她为我整理了一下围巾，如此叮嘱道。

“嗯，准考证和新干线的车票我都放好了，如果有什么其他需要，在那边买也很方便。”

我将双手插进外套的口袋里，右边的口袋里装着钱包，左边的口袋里则是手机和护身符。买不到的东西全在这儿了。

“那就好。那你要注意身体哦，要是感冒的话努力就白费了。好，围成这样就没问题了，别乱碰哦。”

母亲替我将围巾围得密不透风，感觉都快窒息了。

“只要发挥你的正常水平，就绝对没问题。”

母亲捧着我的脸蛋说道。

“嗯，谢谢妈。”

“姐姐……”

千帆站在母亲身边，伸手扯住我外套的袖口。

“加油。这个给你。”

千帆递给我的东西是——

“糖球？”

“嗯，听说吃了糖，脑瓜会比较好使。”

“这样啊……谢谢你哦。”

我忍不住笑了，伸手用力地抱住千帆柔软的身体。

“姐姐要跟你道歉，不该一直把你弄哭的。”

我抚摸着她的头发说道。

“我原谅姐姐了……”

千帆在我的怀中点了点头。

“来了哦。”

三道汽笛声响起，仿佛在回应母亲的话。波涛之间，父亲的班轮朝我们驶来。

“你俩看这边。”

我有些激动地从口袋里取出手机，对着母亲和妹妹“咔嚓”一声按下相机快门。

“你这是要干吗呀？”

“别在意别在意。”

我没理会她俩的疑惑，低头确认手机画面。画面中，母亲和千帆正一脸不解地看着前方。

这样即便到了东京，你俩也会一直陪着我。我咽下这句有些羞于启齿的话，默默地将照片保存下来。

班轮今天也准时靠岸了。当我慌慌张张地爬上舷梯时——

“海帆，过来。”

父亲从船上伸出手来。他以前从未这样做过，导致我都不知道该摆出怎样的表情才好了。

“快点。”

父亲强行抓住我的手，将我扯上船来。

“好好加油。”

说着，他用力地拍了拍我。

“嗯，谢谢爸。”

我已经多久没握过父亲的手了呢？

这双又大又硬的手，曾经触碰过我闻所未闻的“远方”。

引擎启动，带得甲板微微颤抖，船体也大幅倾斜。

班轮飞快地离岸向本土驶去，感觉比平时快了不少，大概是错觉吧。

我回头望向海岛。

千帆正站在栈桥上向我挥手。她又蹦又跳，还用力地喊着什么。傻丫头，看你这架势好像我永远不会回来似的。我也用力地向她挥手，直到千帆娇小的身影渐渐消失在视野之中。

“感谢各位今天乘坐姬座汽船。”

班轮驶离港湾后，舱内一如既往地响起父亲粗粝的广播声。想到今天也要聆听父亲拙劣的听力训练，我竟生出几分感慨来。

“我是仓桥泰三，四十四岁，今天由我来担任船长。我女儿现在也在船上，她正要前往东京参加明天的考试。那么现在请大家面对剑玉岩双手合十，祈祷我女儿考试成功……”

你怎么可以强迫乘客这样做？啊，谢谢各位，我会努力的。

父亲今天的舱内广播依旧精力十足。他甚至唱起了尘封已久的演歌，为我鼓劲助威。

X

“感谢您今天乘坐新干线，本车开往……”

新干线车内的广播简洁明了，没有半点多余的话语，和常年萦绕耳边的父亲版广播形成鲜明对比。

我上一次搭乘新干线好像还是高二修学旅行的时候，目的地同样是东京。

当时身边满是兴奋聒噪的同学，而今我却形单影只。我有些忐忑地给千寻和万结各发了一条短信，她俩很快就回信了。

万结:加油哦，海帆，我们永远与你同在。

千寻:尽管上吧，海帆！我会一直陪着你的！

……不，我现在并非孤身一人。

很快，新干线发车了，行驶之平稳绝非班轮可比。

终于，要去东京了。

就在我还埋头看着Z补习班的考卷时，东京站到了。

东京此刻银装素裹。

第一次来东京的时候，天空是灰的，建筑物是灰的，甚至连空气都那么浑浊，我简直难以想象人类要如何在这里生存。然而今天，东京是洁白而美丽的，正摊开双臂欢迎我的到来。带着愉悦的心情，我踏出了迈进东京的第一步。

但还没走上二十步，我就意识到自己方才的感受不过是错觉罢了。

……这人也太多了吧？

从月台搭乘电梯，然后到达的地方，我记得是中央大厅吧。为什么会有这么多的人？我想等人少一点的时候再往外走，于是暂且躲在角落，然而过了好一会儿人潮也没有变稀疏的迹象。

看来等也是白搭，我只好咬咬牙，挤进人潮之中。在前后左右的推搡之中，我战战兢兢地来到了检票口前，将车票和特快票塞进机器后，逃也似的来到了车站外。熙熙攘攘的人群让我有点犯恶心，于是进了洗手间，尽管这不是什么能让人放松的场所，不过在打湿手帕擦了擦额头后，我好歹冷静了些许。我拍了拍脸，对着镜中脸色发青的自己暗暗低语道：

振作点，海帆，要是在这里就被打垮了以后可怎么办？这还只是东京的入口而已啊，赶紧调整情绪，接下来要换乘在来线①了。

① 注：指新干线以外的所有铁道路线。

“……啊?!”

这么一说我才意识到，自己手上没车票了。

糟糕，从新干线检票口出来的时候，只把特快票塞进去就可以了，但我把车票也一起放了进去，现在没办法乘坐在来线了。为时已晚，我只好结结巴巴地向工作人员说明了情况。

“下次请记得别把车票也一起放进去了。”

他苦笑着让我出了中央大厅。

“对不起，对不起。”

我一边道歉一边往前走去。才刚到东京没五分钟就犯了个迷糊，我感觉自己又想吐了。为了躲避人群，我倚靠在墙壁上，紧闭双眼开始深呼吸。一下，两下。

好，现在还不是哭的时候。虽然还没出东京站我就产生了严重的挫败感，可现在显然无法回头。今天必须入住宾馆，而在此之前，我还得去看看考场。听上去难度跟达·伽马的航海大冒险差不多，不过应该也还不到难于登天的地步。没问题的，我能办到，不就是坐有轨电车去大学吗?

我置之死地而后生地向在来线的售票处走去。

结果我马上就迷路了。

烦死了，我和有轨电车真的这么八字不合吗?

我拼命地盯着墙上的地图看，可别说目的地在哪儿、我现在在哪儿，就连这张地图到底是哪个区域的地图都没搞明白。我是个看不懂地图的少女。早知道就不选世界史，改选地理了。

我放弃地图，改为仰望天花板上垂下的指示标，横七竖八错综复杂的箭头之中，还真有我一直在找的“在来线”字样，真是天无绝人之路。

我按照箭头的指示继续前进，一会向左，一会向右。人越来越多，而且一个个步履匆匆。我觉得如果只有自己一个人慢慢晃悠的话会惹众怒，只得强打精神加快脚步。

终于，在来线的售票处出现在前方，真是谢天谢地。买好票走上站台，我这才喘了口气。到这里就没问题了，和乡下一样。用不了多久车就会来，只要坐上车，就能到达目的地。最艰难的阶段已经过去了。

谢谢你，箭头，我最喜欢你了。

在“××大学站”下车后，我往写有大学名字的出口走去。

到了这里就没什么好慌张的了，我穿过检票口，走下楼梯，踏上积雪的街道。

教学楼就在眼前，还有座高高耸立的红褐色钟楼。

就是这里。我今天一路车马劳顿，就是为了来到这里。

在众人的支持与鼓励下，我噙着泪水，磕磕碰碰地来到了这里。

——好大的校园。

这是第一印象，比照片上看着大了许多。

这里也是我这一年来的目的地。

——我要进这所大学。

在我站在校门前的当下，心中长久以来的念想炙热地燃烧起来，仿佛要将这漫天的飘雪融化殆尽。

“接下来……”

看完考场后，就无事可做了。

接下来就去宾馆办入住手续，为明天的考试备战……仅此而已。

不过在这之前，稍微悠闲一下还是可以的吧？

肚子开始咕咕叫，我这才意识到自己还没吃中饭。不，或许不应该说“才意识到”，因为我其实是有意不吃的。这一路上吃中饭的机会要多少有多少，但我一直忍着，直到抵达目的地。

应该可以吧？我已经确认了从车站到这里的路，而在来线的搭乘方式也和乡下别无二致，所有的侦查工作都应该算是结束了。

我走出校区，向和车站相反的方向走去。

比起从车站来大学的时候，我的脚步轻盈了不少。

我从口袋里取出手机，打开那家店的官网。都不用看地图，从这里直走十分钟就到。

短暂的雪中漫步后，那栋三层小楼便出现在眼前。

店内的装潢时尚而可爱，令人怦然心动。我事先调查的，可并非只有学校本身而已。

我稍微给自己鼓了一下劲，然后推开玻璃门。

“欢迎光临，这边请。”

靓丽的店员身穿可爱的制服，面带动人的微笑领着我来到座位前，当我有些慌慌张张地坐下后——

“请问要点些什么？”

店员为我摊开菜单。

其实我连看都不用看，在离开家之前就已经想好要点什么了。真没想到，在我报考的大学边上就有憧憬已久的专营店。

我咽了口口水，说道：

“一份烤薄饼。”

此刻我脸上的笑容想必也和店员一样动人。

×

“仓桥小姐对吧，我们一直在等您呢，您的房间是304号。”

前台戴眼镜的大叔面带优雅的笑容，将写有宾馆名字的房卡递给我。

“啊，好的。呃……请问钥匙……”

听我这么一问，大叔没答话，而是将门卡又递近了一厘米。这时我才意识到，那就是钥匙。

我坐电梯到了三楼。房间略嫌狭窄老旧，不过我毕竟不是来玩的，忍忍也就罢了。从宾馆到大学，只需乘坐在来线，一个站后就到了！而今晚，宾馆这里就是我的大本营。我将书包放在地板上，躺倒在床，确认感觉比较舒适后，看了看枕边电子钟的时间。

19:20。

吃完烤薄饼后，我继续待在那家店里复习，不知不觉就已经到了晚上，于是顺便在店内解决了晚饭。因为外边又黑又冷，我干脆直接打了辆的士来到宾馆……是不是有点奢侈了？

我起床走到窗边，拉起百叶窗。

积雪云还没有消散的迹象。

虽然不算暴风雪，不过雪花还是执拗地飘落个不停。不知道岛上是不是也在下雪呢？大家现在在干什么呢？

……我是不是有点玩得太欢了？

不行不行，我可不是来玩的。海帆，明天就要见真章了，得集中精神。好嘞，现在就再复习一会儿。

不过还是得给家里报个平安——想到这儿，我从外套口袋里取出手机，解锁屏幕。

——三十五个未接来电。

我不禁一愣。

……这是什么情况？

我赶紧确认历史来电。

“未接来电 19:20 家。”

“未接来电 19:20 家。”

“未接来电 19:19 家。”

“未接来电 19:19 家。”

“未接来电 19:19 家。”

“未接来电 19:18 家。”

"未接来电 19:18 家。"

"未接来电 19:18 家。"

"未接来电 19:18 家。"

"未接来电 19:17 家。"

"未接来电 19:17 家。"

"未接来电 19:17 家。"

"未接来电 19:16 家。"

"未接来电 19:16 家。"

"未接来电 19:16 家。"

"未接来电 19:16 家。"

"未接来电 19:15 家。"

"未接来电 19:15 家。"

我差点没抓稳手机。

这是……怎么回事?

画面中从上到下全是家里打来的未接来电，数量多得极不寻常，而且全部集中于十五分钟之内。

我用颤抖的手指按下回拨，心里念叨着"千万不要有事"，然而内心已经被不祥的预感所填满。

"怎么才接电话呀！"

拨通之后提示音才响了一声，那边就接了电话。是千帆，而且已经有点泣不成声了。我的不祥预感愈发强烈，因为这个家除了我自己，就没有人会弄哭千帆了。

“怎么了，千帆，发生什么事了？”

我勉力保持冷静，用尽可能温柔的声音问道，但电话那头的千帆只是呜咽，听不清她在说什么。

“怎么了嘛，千帆？光哭我也弄不明白呀！”

我强忍住内心的焦虑，又问了她好几遍，千帆这才咳嗽了几声，艰难地挤出话语。

“爸爸……可能会死……”

紧接着，她又号啕大哭起来。

“千帆……你刚才说什么？怎么回事，千帆？”

无论我怎么问，电话那头都只传来哭泣声。

“千帆，你在说什么？别哭了，千帆！”

我对着手机叫喊道，虽然知道这种时候更不应该吼她，可是我实在难以自已。

“千帆，你在跟谁打电话？”

突然，电话那头传来成年人的声音，接着话筒似乎被抢了过去，千帆的哭泣声顿时变得模糊。

“喂，请问是哪位？”

母亲的声音清晰地传入我的耳中。

“妈！是我，海帆！爸怎么了？为什么千帆在哭？妈！”

我的疑问如同洪水破堤般涌出。

“啊，是海帆呀，怎么了，干吗这个时间打电话过来？到宾馆了吗？不可以四处瞎逛哦。”

“呃？嗯……我到宾馆了。妈，爸到底怎么了……”

“他没事的。”

母亲平静地说道。

“你爸爸他没事，所以冷静下来，海帆。”

母亲试图让我冷静下来，但这有些刻意的平缓口吻，反而让我感觉事态严重。

“我现在就告诉你情况，所以你先冷静下来，好好听我说哦。”

说完这句话后，母亲才娓娓道出了父亲的情况。

果然不出我所料。

父亲从船上跳到海里去了。

他是为了救一名喝醉酒后失足落水的乘客，尽管两人很快就被捞了上来，但毕竟如今气温极低，所以获救后立马被送去了医院。

“妈，去医院难道是说……”

我握着手机的手在颤抖。

——低体温症。

这个词没能说出口。五年前，父亲在鄂霍次克海获救的时候，医生就曾经说过——捡回一条命已经是奇迹，如果再有类似遭遇的话那就神仙都救不回来了。

“妈，爸他……”

“没事的。”

尽管如此，母亲还是斩钉截铁地说道。

“鄂霍次克海都没要了他的命，区区五岛的海又能奈他何？明天肯定就能啥事儿没有地笑着回来了。”

母亲笑了笑。

“所以呢，海帆，你专心做自己该做的事情就好。可别让你爸笑不出来哦。”

“妈……”

我的声音在发颤。

“你明白的吧，海帆？”

我好想哭，好想找个肩膀靠一靠，好想现在就回家，但是……

“嗯，妈，我明白的。”

我现在只能这么说。

“谢谢你，海帆……不愧是姐姐。”

母亲在竭尽所能地为我宽心。

所以我只能这么回应。

挂断电话之后，我双腿一软瘫坐在床上。全身上下都在发抖，寒意让我无所适从。

没问题的。父亲是大海的男儿，不会那么轻易倒下。

然而无论我怎么安慰自己，心底的不安依旧无法拭去。

我颤颤巍巍地站起身，伸手取过挂在衣架上的外套。

把手伸进左边的口袋，右手立刻被柔软的触感所包覆，从指尖，到指甲、手掌、手腕，柔和的质地仿佛无处不在。

这反而让我心头一凛。

——护身符不见了。

我又把左手伸入口袋，但不管哪只手感受到的触感都如出一辙。

不可能，不可能的。我绝对放进来了。

乘船之前我还确认过，右边口袋是钱包，左边口袋是手机和护身符。那之后，我从未把护身符取出来过。

……那么，手机被我拿出来过几次呢？

手机是和护身符放一个口袋里的，我一共拿出来过几次？遗失护身符的机会一共有几次？

沉郁在胸口的不安愈发难以忍受。

而雪依旧没有要停的迹象。

翔太 当天六点整

从昨天开始雪就下个没完，现在更有愈演愈烈之势。

早上听新闻里的天气预报说，今天东京将迎来三十年不遇的大雪，并提醒民众要注意安全。

“那我出门了。”

我在玄关穿上冰冷的鞋子，有些哆嗦地站起身来。

“都准备好了？没遗漏什么东西吧？”

母亲一脸不放心地将轻了不少的书包递给我。

“嗯，准考证和手表我都带了。要是遗漏了什么直接买就好。”

“那可不行，准备不就是为了万无一失？来，把备用笔盒也拿去。”

说着，母亲自顾自地把她的笔盒也塞进我的书包。

“千万别冻着了。”

她取出两个暖宝宝，分别放进我外套两侧的口袋里。

“不用带两个啦。”

“不行，都给我带上。哎呀你看看，围巾还露了这么大的缝儿。”

本想拿一个暖宝宝出来，但看到母亲细心地替我围围巾，我便顿时陷入了沉默。

“怎么了……小翔？”

“没什么。”

近距离对上母亲的视线后，我下意识地撇过头去。

不知怎的，总觉得母亲现在的样子有点奇怪。该说她成熟呢，还是该说她稳重呢？

“你嘴巴上沾了点什么东西哦，小翔。”

虽然还是和往常一样多话，可怎么说呢，我也不清楚该怎么形容……感觉动机不一样了。我今天尤其觉得，母亲很有母亲的样子。

“好，这样就行了。”

围巾被系得太紧，有点呼吸困难。母亲拍了拍我的肩膀。

“你气色不错哦，小翔。”

“是吗？”

“发挥正常水平，就肯定没问题了。”

说完，母亲露出了似曾相识的微笑，那笑容如同大海一般平静、柔和。

“那我出门了。”

“嗳，小翔，今天走反方向的路去车站吧。”

我刚将手放在冰冷的门把上，母亲就突然如此说道。

“反方向？”

“嗯，讨个吉利嘛。像这种时候啊，不要走最短路线，绕个道据说会比较容易成功哦。所以嘛——”

“不用了，那都是迷信。”

我如此回应道。

“小翔，听妈妈的话。”

母亲毫不让步。

……她今天果然有哪里不太对劲。

母亲既没有不分青红皂白地强迫我，也没有抬高音量大声嚷嚷，而是面带笑意，语气柔和。

“知道了……我会绕道过去的。”

但我只能点头屈服。

“我走了。”

一打开门，混杂着雪花的寒风便迫不及待地袭来，我缩起脖子，踏出屋外，母亲伸手扶住门，说道：

“路上小心。”

昏暗的走廊中，母亲说完这句话后，便带上了门。

——路上小心？

这算什么嘛，简直好像母亲在送小孩子出门一样。

今天母亲真的有些不对劲。

太过一本正经了，反而很奇怪。

街道已经完全被大雪所覆盖。

从昨天开始雪就没停过，司空见惯的景致如今银装素裹，变得和往昔大不相同。雪这么大，电车可能会晚点，所以提早出门才是正确的选择。

我抓着扶手小心地走下公寓的铁楼梯，尤其是明依曾经踩滑的最后一级，下脚尤为慎重。走到楼外，呼啸而过的寒风将积雪刮起，我一手握住口袋里的暖宝宝一手撑开伞，在洁白的绒毯上留下两道足迹。

——绕个道比较好哦。尽管母亲应该不至于从窗口监视，不过我还是老老实实地按照她所说的，往公寓后方的公园走去。

然而我马上停了下来。

有人在叫我。我缓缓地回头，不，只是我心里希望被人叫住罢了。

公园同样完全被大雪掩埋，滑梯、长椅、秋千，甚至连秋千架都被染成了白色。

父亲今天也在这里。他站在滑梯下方我们一直练习接球的位置，身上满是积雪。

……为什么？为什么幻想中的父亲身上会有积雪？

父亲拂了拂肩上的雪，缓缓地在洁白的雪地上留下黑色的足迹。

为什么幻想中的父亲会踩出脚印？

他在叫我的名字，而上一次他这样叫我还是四年前。这绝不是错觉。

声音依旧低沉，步伐依旧很大，浅棕色的外套，印有横向文字的破旧棒球帽，一切都和往昔别无二致。

“……好久不见了，翔太。”

唯有笑容看上去有些疲乏。

“爸……”

父亲此刻就站在我眼前。

×

大雪无声地越积越深。

唯有远方传来的些微行车声，稍稍打破了我和父亲之间的沉默。

父亲就站在我眼前。

他为什么会在这儿？我甚至都不用问，心中就有了答案。

是母亲让他来的，只有这种可能。她那天刻意梳妆打扮了一番才出门，原来就是为了这个啊。

直到那天我才知道，父亲和母亲之间还是偶尔会有联系的。在我发现母亲梳妆台抽屉里的印花信封之后。

抽屉的更里边还有一些开了封的褐色信封。信封上写着我们公寓的地址，收信人是我，寄信人则是叶崎亘。字迹独特，一看就是父亲的手笔。

信是邮寄来的。这个自然，身为摄影家的父亲整天满世界跑，不可能每个月专门回一次日本将信件放进我们公寓的信箱里。

而母亲读了父亲的信件后，装作毫不知情的样子，将信件的信封换掉之后交给我。所以母亲才会认定那些没写寄信人和收信人的信件是给我的情书。

恐怕到昨天为止，母亲和父亲之间的联系还仅限于阅读来信而已。因为母亲一直在哭泣。每当无法和想见之人会面时，母亲就会流泪。而我也终于意识到，每次母亲喝得烂醉，都是在收到父亲来信的日子。

雪块从榆树枝头掉落地面。

父亲一言不发，我也保持沉默。

两人相对无言地站在公园入口处，附近经过的行人纷纷投来好奇的目光。突然，父亲卷起外套的袖口。

“要迟到了。”

说着，他迈开步子。

难道说他要送我去考场？

我小跑着追上父亲。走到父亲身边后，手中的伞自然而然地将两人笼罩。我俩就这么沉默着向前走去。

我想说的话堆积如山。

关于这四年来，关于棒球，关于信，关于照片，关于母亲……爸，我一直在坚持打棒球哦。我一直在读你的来信哦，你就多写几句话嘛。我还去了你照片上的那个岛哦，而且也想去其他照片上的地方。妈最近酒量下降了不少，说不定会再婚哦。我该怎么办呢，爸——

但我一句话都说不出口。

我俩无言地在十字路口的红绿灯前停下脚步。啊，对了，还有一句话。

"……你走路的速度变慢了呢。"

我总算挤出一句话来，尽管内容有点莫名其妙。

"……"

父亲有些不解地看向我。

"呃，我是说，以前和爸一起走路的时候都会累得够呛……"

被他这么盯着看，我反倒有点不好意思了，慌忙垂下视线，装作在清理黏在脚跟上的雪。

"我没什么变化。"

父亲小声地说道。发动机盖上覆盖着积雪的卡车用不比步行快多少的速度驶过车道。父亲目送卡车远去后，才继续缓缓地说道：

"你已经十八岁了啊……"

他呼出一口白气。

不是我步速变慢了，而是你变快了。父亲大概是想说这个吧。看来在不擅长表达自身想法这一点上，我确确实实遗传了父亲的基因。这么一想，我反而有点开心起来，尽管长期以来我都为这个缺点感到自卑。

……开心？

绿灯亮起，等着过马路的人们一起走上人行横道。

"翔太？"

看见我停在原地没动，父亲不解地回过头来。

伞从手中滑落。

“你怎么了，翔太？”

是啊，我一直是怎么了？为什么一直都没想起来？这么简单的事情，为什么就是不明白呢？一直掩藏在心底的感情，一直无法好好道出的感情，此刻终于翻涌而出。

“……翔太？”

我紧紧地盯住父亲的脸。四年了，父亲的目光依旧和以前一样炯炯有神，然而岁月还是在他的脸上留下了些许沧桑的痕迹。

“……你怎么才回来？”

话语自然而然地倾泻而出。

没错，我一直、一直……从四年前开始就一直……

“爸，我好想你啊。”

我一直非常想念父亲。

“你怎么才回来……”

伴随着话语一道涌出的，是止不住的泪。

红绿灯又变红了，等待的车辆纷纷重新发动。

“翔太……”

父亲将手放在我的头上。

“爸对不住你。”

他用力地搂住我的肩膀。

父亲的气味和四年前一样，混杂着浓厚的烟味。

我现在总算清楚地明白自己为什么要打棒球了。明依，我明白了，因为棒球是我和父亲之间唯一的纽带。正因为我不想失去父亲，才会一路坚持打棒球。

我一边在脑海中构想远方的景致，一边在小公园里练习着接球。

“……爸，你说我也能去远方看看吗？”

“当然。”

父亲取下皱巴巴的棒球帽，戴在我头上，仿佛要为我遮蔽风雪。

“你已经走得很远了。”

他用一如既往的模糊声音答道。透过厚厚的帽子，我能感受到他粗大手掌中传来的阵阵温热。

累积了四年的泪水在这一刻喷涌而出。

海帆　当天七点整

枕边的电子钟发出了颇为低调的闹铃声。

我缓慢地按停闹钟，从床上爬了起来。拉开百叶窗，将窗户推开脸那么宽的缝，寒风顿时席卷而来。大雪之下，东京举目之处都是白茫茫的一片，而且雪似乎还没有停下来的意思。

结果我昨晚彻夜未眠，现在双颊有些发烫。拿起手机看了看来电提示，结果和十分钟前一样，既没有电话，也没有短信。

父亲应该还在医院吧。没问题的，要真有个三长两短，母亲那边总归会打个电话过来。没有联络就证明情况还不算太糟。

我努力让自己相信这种说法，然后开始做起退房的准备来。我把外套的口袋翻了个底朝天，但还是不见护身符的影子。明明今天比任何时候都期望护身符的加护，结果它居然缺席了。为了保险起见我还确认了一下裤子的口袋，结果发现了一颗糖球。

——千帆。

糖球一入口，黏腻的甜味几乎让眼泪夺眶而出。我慌忙跑进洗手间。

“电车停运了？”

我忍不住大声问道。一方面是因为太过震惊，另一方面是因为不提高音量的话对方根本听不见。

我刚到一楼想办退房手续，就发现大厅里人声鼎沸。四周到处都是人，个个都在抱怨个不停。

“是的，因为三十年不遇的大雪，电车的延误情况很严重。”

前台大叔如此回答道，之前游刃有余的态度已经荡然无存，他眉头紧锁，好像这场大雪是他的责任似的。

电车停运的话就打的吧。考场八点五十分之后就禁止入场了，所幸现在时间还很充裕。

“出租车现在也很紧张，什么时候能来还真说不准。您要是赶时间的话，步行可能还快些。”

大叔似乎读出了我内心的想法，如此建议道。东京还真厉害，不就下了场大雪吗？居然就陷入了一片混乱之中。

“走路过去大概要多久呢？”

我大声告诉对方自己的目的地后，大叔露出无奈的表情回答道：

“大概需要三四十分钟……”

感觉他眼镜都歪了。

这不挺近的吗？看他这幅表情，我还以为要走很久呢。不过对于城里的孩子来说，或许这距离还真够远的。

“谢谢，那我走过去吧。”

“啊，客人，请稍等一下。”

见我打算出门，大叔连忙说道：

“这个您拿去用吧。”

他从前台里边取出一把硕大的黑伞。

“这是……”

伞柄上写着名字，多半是大叔的私人财产。

“呃，这怎么行呢……”

“没事的。”

见我想拒绝，大叔强行把伞推到我手上。

“加油。”

他和蔼地笑了。我顿时觉得自己干涸的心灵得到了滋润，这种时候正需要他人的声援。

“谢谢您。”

我大声道谢，走出宾馆正门。夹杂着雪的寒风顿时扑面而来。

我不冷。和冬天的大海相比，和鄂霍次克海相比，一点儿都不冷。

我“沙沙”地踏着雪向前走去。城里孩子要走三十分钟的话，长年在山道上锻炼脚力的我想必十五分钟就能走到。只有今天，我很庆幸自己是个乡下女孩。

×

或许并不值得庆幸。

我才走了不到十分钟就后悔了。

我紧握手机，呆呆地站在十字路口前。

怎么办？走路是没问题，天寒地冻也能忍受，但是这路……我不认识路呀。我怎么就忘记自己压根不会看地图了呢？

我拼命地盯着手机的画面看，但也只是平添不安和焦虑而已，有用的信息完全进不到脑子里。

怎么办，怎么办？东京站的噩梦在我脑中苏醒。不能慌，冷静下来，总之先冷静下来。有没有什么标志性的建筑物……搞不明白，积雪太厚了根本无从分辨。

雪，三十年不遇的大雪。

为什么偏偏是今天？如果是昨天或者明天不就没事了？我已经为了今天努力了整整一年，为什么偏偏要在今天……

不行，我不可以哭，要是眼泪流出来就看不清地图了。

我再度将视线投向手机。

就在这时，手机收到了信息，震动起来。

万结：我看到新闻啦，东京在下大雪呢，你还好吧？

千寻：‘认真四眼’，你还好吧？冷静点哦，别慌张。

看到她俩的短信，我眼眶中噙满泪水。

——‘认真四眼’。

为什么我昨天没有认真点看考场呢？

雪从昨天开始就下个不停，为什么不好好确认一下从宾馆到考场的路，以防万一呢？以我平时的性子，肯定会以稳妥为重，怎么就对烤薄饼流连忘返了呢？为什么到了关键时刻，我反而无法贯彻自己的认真劲儿了呢？

雪越下越大，这想必是对我的惩罚吧。正因为我不够认真，雪才会下个不停，才会迷路，父亲才会入院，护身符才会不见。

“嗖——”

“呀！”

伞被狂风刮走了。

我脚下一滑，摔倒在柏油路上。脱手的伞被风刮到车道上，我本想去追，却被汽车喇叭声吓得止住脚步。

伞就在我眼前被一次又一次地碾过。

——大叔给我的伞。

眼泪一旦夺眶而出，就再也止不住了。

翔太　八点三十五分

考场是间有点像礼堂的大教室。

估计可以容纳两百人，固定的长桌三列三列地并排着。检查过准考证后，我坐在贴有自己考号的座位上。

离禁止进场时间还有十五分钟。大概是受到大雪的影响，都这个时间点了，还有不少位子是空着的，监考老师们也有些不安地凑在一块说着什么。我闭目养神，试图屏蔽这浮躁的气氛。

终于，要开球了。

帽子上还存留着父亲大手的触感。

海帆　八点四十分

“到了。”

我心中窃喜。尽管绕了不少弯路，而且还一度走过头了，不过总算在楼与楼之间发现了那座红褐色钟楼的踪影。

离禁止进场时间还有十分钟。

我全速向前跑去，尽管脚下打滑，依旧不肯减慢速度。

翔太　八点四十八分

离禁止进场时间还有两分钟。

考场之中充斥着剑拔弩张的紧张感。之前因为大雪的关系而产生的空位此刻也基本坐满了人。

——“啪。”

伴随着巨大的声响，门被推开了。最后一名考生冲了进来。

那女生看来相当慌张，上气不接下气不说，还全身都打湿了。丝袜破了洞，膝盖还渗出血来。

在监考老师的催促下，戴眼镜的女生慌慌张张地走向最后一个空位。

看见她这副模样，我不由得想：

……这女生和明依好像。

海帆　一分钟前

赶上了。

我瘫倒在座位上，调整紊乱的呼吸。

——冷静。

头疼，肺像在烧似的，但已经不要紧了。受伤的膝盖阵阵发麻，指头冻得仿佛要裂开，但也同样不要紧了。我已经赶上了，切记不能慌乱。

“进了考场之后就不准再看任何参考书了。桌上只能放准考证、手表和文具，手机请关机。如果考试过程中哪位考生的手机响了将视作作弊，会被即刻请离考场。”

监考老师在前方的讲台上用麦克风说明了考场纪律，我取掉围巾，脱掉外套，同时掏出手机准备关机——

“……”

我的心颤了一下。

“来电 家”。

不行，现在必须关机。我关掉手机电源，塞进书包里。

——冷静点。

我从笔盒中取出文具。

——冷静点。

肯定是告知父亲已经康复回家的消息。肯定是这样的。

——所以冷静些。

再这样下去，又会和全国模拟考试时一样了。睡眠不足，迟到，节奏完全被打乱——所以我要冷静，必须冷静。

“啊……”

就在这时，橡皮擦从冻僵的指间滑落。

——不是吧。

橡皮擦滑过指缝，从桌角跌落在地。我的位子在考场的最上边一级，橡皮擦便沿着一级一级的台阶一路往下滚落。

——别这样，我快撑不住了。

就在我慌慌张张地想站起来时。

“你用这个吧。”

隔壁的男生递过来一块橡皮擦。

男生一头浅黑色的短发，个子很高。他的眼神感觉似曾相识，比起递过来的那块和他气质不合的粉红色猫型橡皮擦，他戴着的棒球帽更能吸引我的目光。

“现在开始发答题纸。那位男生，请把帽子摘了放进包里。”

监考老师的注意力被吸引了过来。考试过程中是禁止戴印有英文的帽子、穿印有英文的衣服的。

“……不好意思。”

男生说道，似乎现在才意识到自己帽子上的文字。

“Crossroads”。

他摘下印有这个单词的帽子。

“……”

接着，我几乎是下意识地抓住了男生的帽子。

“……呃？”

男生有些不解，但我并未松开手。

“……我找到护身符了。”

我突然想起父亲说过的话。

你没问题的。

第八章

In their cases

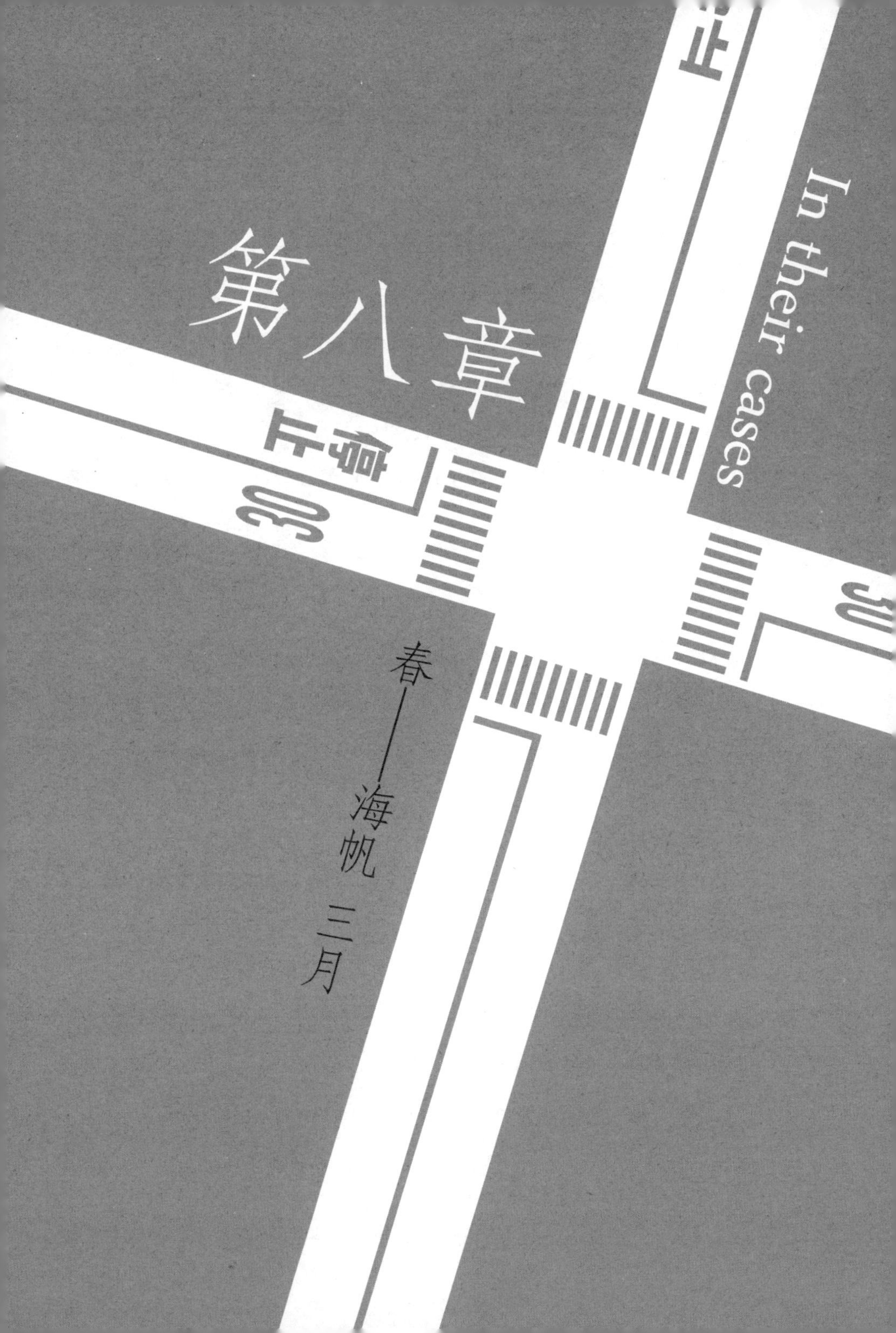

春——海帆 三月

波澜起伏的冬天过后，春天悄然降临。

据说春天是邂逅和离别的季节。

不过从岛上唯一的小学毕业后，我进了岛上唯一的初中，接着又考入了这一带唯一的公立高中，因此对于我而言，春天不过是多结识一些朋友的季节罢了。从这层意义上来说，或许今年我才经历有生以来第一个“真正”的春天。

我想去远方。

既然有这种想法，自然会经历越来越多的离别吧。

“妈，真的有必要吗？就算不专程再跑一次东京，也可以上网查成绩或者让他们把通知书寄过来……”

“你在说什么呀！”

和十天前一样，母亲亲自送我到港口。她望着在堤岸上撞得粉碎的白色浪花，摇了摇头说道：

“都努力了一年，你当然应该亲自去看看结果。”

虽然时节上已经入春，但姬座依旧寒冷如冬，海面上波涛滚滚。

千帆伸出小手指了指栈桥的边缘。

“姐姐的护身符就是在那边掉的，再差一点儿就滚进海里了。姐姐真是的，当时怎么叫你，你都不回头。”

“没办法呀，我当时已经上船了。”

原来是上船前拍纪念照片时掉的啊。当时发现护身符不见后我整个人都懵了，没想到居然是出岛前遗失的，真丢人。

“把手给我。”

千帆拉住我的手。

“绝对会考上。”

她用黑色油性笔在我手掌心写下这五个字。

“这次可别弄没了哦。”

“嗯……谢谢。”

明明向来都是我把千帆弄哭的，可现在角色似乎有点逆转了。虽然想再抱抱她，不过汽笛已然响起，只得作罢。

班轮今天也准时破浪而来。运载乘客，承担生命之重。

“海帆。”

母亲望着班轮摸了摸我的脑袋。

“你真的很努力，妈妈觉得这样已经很了不起了。所以不管考试结果如何，都不可以沮丧哦。”

“嗯。”

“你是我的骄傲，也是你爸爸的骄傲。”

“嗯……”

不行，不可以哭鼻子。在看到成绩榜之前，眼泪都要先存着。我拼命地睁大眼睛看向班轮，希望海风能将我眼眶中的泪水吹干。

班轮今天也准时靠岸。

父亲大大咧咧地爬下舷梯。

“过来，海帆，别掉海里了。”

他大大咧咧地朝我伸出手来。

怎么他今天好像格外地自我感觉良好？明明十天前才掉进海里，转眼就忘记了吗？

“快点，海帆。”

父亲像十天前一样伸出手来。

“不劳您操心——”

我无视他的手，自己熟练地爬上舷梯。

“喂，海帆。”

“真不好意思，我是考生，可不想被喜欢往海里跳的人给传染了。”

“嘿，你这丫头——”

被我这么一挤兑，父亲苦着脸无言以对，千帆和母亲听了也拍手大笑起来。

很好，总算轮到我来调侃父亲了。

我意气风发地跑上二层。

展望台上风大，全无其他乘客的影子。趁着这时没人，我向着镇坐在海对面的剑玉岩双手合十。

“谢谢您保佑家父平安。”

姬座的守护神一如往常地悠然屹立在五岛海中。

剑玉岩跟演歌十分相衬。不知道父亲今天是否也会高歌一曲呢？打从懂事以来，我头一回对父亲的歌喉心生期待。

伴随着引擎的轰鸣声，船体摇晃起来——起航了。

我将手插入口袋中，取出触感略硬的那个东西。粉红色的猫咪正咧嘴朝我笑。

“好奇怪的橡皮擦……”

不管什么时候，它都朝着我呵呵直笑。

栈桥那边传来声音。抬头一看，千帆和母亲正朝我挥手，我也举起写有油性笔字迹的手用力地挥动。

这不是诀别。今晚我就会归来。

明明心中很清楚这一点，我还是无法止住挥动的臂膀。

翔太　三月

“那我出门啦。”

“嗯……路上小心，小翔。”

我站在玄关前回过头，发现母亲正有些不安地对我点头。

“小翔，你真的要一个人去吗？没妈妈陪着真的不要紧？”

“都说了没事的。”

“嗯——但是……”

母亲皱着眉头咬起大拇指的指甲来。

“不行，我还是得跟你一起去。给我五分钟时间收拾。”

她一拍大腿，冲向洗漱间。

“你不用一起来啦，好好睡觉就行。你可是才上了夜班哦。”

“我怎么睡得着嘛，今天可是小翔至关重要的日子呀。”

母亲的话混杂着吹风机的声音传来。

“最重要的日子已经过去啦，今天只是去看结果而已。”

“结果才是最重要的，好吗？小翔，你这一年来非常努力，身为母亲，我也得尽到自己的职责。”

“这也谈不上是母亲的职责吧？”

“好过分，瞧你这话说的。”

母亲从洗漱间的隔板边上露出只描了半边眼线的脸。

“小翔已经不需要妈妈了吗？”

“我又不是那个意思。”

“不是小翔你自己说妈妈不用来了吗？”

“本来就不用一起来啊，今天我只是去成绩榜上确认一下有没有自己的考号而已，完全不需要你做什么事啊。好了，我出门了哦。”

说着，我推开玄关的门。

“要真的非得做点什么，不如替我准备一顿庆功大餐吧。”

“哎哟……刚刚你那句话说得挺帅气的嘛——小翔好帅——再说一遍，再说一遍——”

“我出门了。”

我不再理会瘫倒在地板上的母亲，径自走到外边带上房门。一阵寒意袭来，原来屋外四下已经盖上了一层薄雪。

考试那天好像也下了雪呢。我一边想一边走下公寓的楼梯，走到最下边一级时格外谨慎，可不能滑倒了。

今天我也打算绕远路，于是向公寓后边的小公园走去。

寂寥的公园仍旧空无一人，秋千、滑梯和长椅一如往常，只是都覆盖上了薄薄的雪。

我望了一会儿散落在娱乐设施上的纷纷飘雪，方才离开。

×

走出最近的车站，踏上人行道后，我发现来看分数的学生远比想象中多，将道路填得满满当当。如今已经可以在网上查分或者邮寄成绩通知书，可看来大多数考生还是想专门来一趟学校，亲眼确认自己一年来的努力成果。当然，我也是这些考生中的一员。

我从口袋里取出个褐色的信封，再用冻僵的手指从中捻出一张照片。这次的拍摄地点是日本。

“我的母校。”

照片背面父亲用熟悉的字体如此写道。我右手举起照片，和前方位于教学楼对面的钟楼进行比照。没错，就是这里。

我重新将照片塞进信封。收好信封后，我迈开步子。

尽管在母亲面前表现得镇定自若，但说完全不紧张那是骗人的。我整了整帽檐，踏着柏油路上的积雪向前走去。

紧张感不断袭来，简直好像棒球比赛时将要踏上投手台一样。不管是什么比赛，不管对手是谁，我都会紧张。唯有在那个公园和父亲练习接球时，能够完完全全地放松。

说起来，我曾经问过父亲他帽子上的文字是什么意思。

“十字路口。”

记得那时候也下着雪，父亲一边吐着白气一边回答我。

“人生并非一条直路，而是有很多交叉口。人需要不断地选择自己前进的方向，向着目的地而去。”

一向沉默寡言的父亲此时格外话多。

我慢慢靠近大学标志性的红色大门。我所行走的这条路上，又会有怎样的交叉口在等待着呢？

“请问……”

突然身后传来搭话声，我停下脚步回过头去。

“果然是你，又见面了。”

八重樱下，站着个肩膀上有积雪的女生。她看起来有点眼熟——

“之前真的是太感谢了。”

女生突然对我深深地鞠了一躬。

“咦，请问……”

“啊，你不记得了吗？”

见我呆呆站着，一脸“您是哪位”的表情，女生有些诧异地说道：

“就是当时坐你隔壁的。”

她从口袋里取出一块猫型橡皮擦。

“啊！”

我的记忆突然复苏了。没错，就是那个女生。

我还记得她。当时她踩着禁止入场的时间一边哭一边冲了进来，进来以后手机还震动了一次，接着又把橡皮擦弄掉了。开考之后，她笔走龙蛇答得飞快。没错，就是这个戴眼镜的女生，这个突然抓住我的帽子不放的女生。

“那时候真是太谢谢你了，要不是你，我真不知道该怎么办才好。”

“嗯……不客气。”

“我就觉得能碰到你，所以一直在这里等着呢。”

女生笑靥如花。

“这样啊……”

真是不可思议的女孩，不知怎的，我无法从她的笑脸上挪开视线。为什么呢，总觉得我在其他地方也见过这样的笑靥。

“然后呢，除了道谢之外，我还有一个请求……”

“请求？”

“是的。”

女生瞟了我的帽子一眼，马上有些羞赧地撇开视线。

“能和我一起去看考试结果吗？”

她吐字清晰地问道。

“考试结果？”

“是的，那个……我出来的时候逞强，把护身符搁家里了，结果现在心里还是没底。”

“护身符……”

啊，对了，我想起来了。这种感觉来自父亲之前寄来的那张照片，那张十字形岛屿的照片。第一眼看到那张照片的时候，我就产生了和现在完全相同的感觉。

“不行吗……”

“倒是没什么问题……”

我回答道。

“真的吗?!”

她再次露出了夏日阳光般灿烂的笑容。没错，这笑容的确似曾相识。

“太好了，真的非常感谢。那我们赶紧去看吧！”

说着，女生迫不及待地迈开步子，似乎已经觉得自己百分百可以考上了。

如果人生之中布满彼此交错的道路，那么这次萍水相逢的交汇，对我、对她来说，又意味着什么呢?

“话说……”

她突然扭过头来，和之前一样有些突兀地问道：

“咱俩更早之前是不是在哪里见过？”

又或者，我俩脚下的路早已重合在一起了。

后记

In their cases

感谢各位读完本书。我是作者桐山成人。

这是我首次对其他作品进行小说改编，可谓受益匪浅。

最开始接到这个企划案的时候我还在想：居然要把120秒的CM改编成整整一本书的故事?!不由得有些头疼。然而在企划进行的过程中，《十字路口》在我脑海中的形象渐渐膨胀，写起来也愈发得心应手。新海导，Z补习班，真的非常感谢你们。

本作的主题是考大学。

正因为如此，在创作的过程中，我也不由得回忆起了自己身为重考生的时代。

高三的时候，我胸无大志，也没怎么好好念书，就随波逐流地参加了好几所大学的入学考试。当然，全都落榜了。我还清楚地记得，明明没怎么用功，落榜之后自己还消沉了好一阵子。

次年，身为重考生的我尽管仍旧谈不上志存高远，不过好歹还是抱着破罐子破摔的心态努力了一把，给自己拟定了一个在可行范围之内的目标。

在漫漫人生路中，很难有像备考这样能够一整年都专注于一件事情的体验了。正因为如此，在不知不觉中我居然开始享受起这种生活来。既有明确的目标，努力之后也看得到实际的成果，而且还有考友一道相互鼓劲——这种幸福实在是弥足珍贵啊。

尽管直到最后我也没有像《十字路口》里的角色那样拥有坚定的信念，可即便是现在回想起来，我依旧觉得重考生的时代是自己青春的最大闪光点。

如果本作的读者当中有即将进行应考复习的，请尽情享受这种生活。对于绝大多数人来说，考大学是一生仅有一次的重大事件，是比四年一度的奥运会和世界杯更为珍贵的祭典，而且主角是您自己。请把备考想象成一场盛会，并尽情享受它带给您的乐趣吧。

再会。

桐山成人

图书在版编目（CIP）数据

十字路口 /（日）新海诚，（日）桐山成人著；枯山水译. — 南昌：百花洲文艺出版社，2015.9（2018.11重印）

ISBN 978-7-5500-1490-9

Ⅰ. ①十… Ⅱ. ①新… ②桐… ③枯… Ⅲ. ①长篇小说－日本－现代 Ⅳ. ①I313.45

中国版本图书馆CIP数据核字（2015）第203249号

江西省版权局著作权合同登记号：14-2015-123

本书为引进版图书，为最大限度保留原作特色、尊重原作者写作习惯，故本书酌情保留了部分外来词汇。特此说明。

出版者	百花洲文艺出版社
社址	江西省南昌市红谷滩世贸路898号博能中心Ⅰ期A座20楼
邮编	330038
书名	十字路口
原作	[日] 新海诚
作者	[日] 桐山成人
译者	枯山水
出版人	姚雪雪
责任编辑	吴砚晨
特约编辑	徐嘉悦　黄嘉丽
美术编辑	周文旋
经销	全国新华书店
印刷	广州市番禺艺彩印刷联合有限公司
开本	890mm × 1240mm　1/32
印张	7
字数	140千字
版次	2015年9月第1版
印次	2018年11月第5次印刷
书号	ISBN　978-7-5500-1490-9
定价	35.00元

赣版权登字：05-2015-344

本书如有印装质量问题，请与广州天闻角川动漫有限公司联系调换。

联系地址：中国广州市黄埔大道中309号 羊城创意产业园 3-07C

电话：（020）38031051　传真：（020）38031253　官方网站：http://www.gztwkadokawa.com/

广州天闻角川动漫有限公司常年法律顾问：北京市盈科（广州）律师事务所